你在谁身边，都是我心底的缺

橘子 著

Orange's love collection

人民文学出版社

著作权合同登记:图字 01-2011-5145 号

图书在版编目(CIP)数据

你在谁身边,都是我心底的缺/橘子著.—北京:人民文学出版社,2011
ISBN 978-7-02-008846-1

Ⅰ.①你… Ⅱ.①橘… Ⅲ.①长篇小说-中国-当代 Ⅳ.①I247.5

中国版本图书馆 CIP 数据核字(2011)第 239240 号

特约策划:王轶华　周　洁
责任编辑:程天翔
封面设计:LIKA Vision

出版发行　人民文学出版社
社　　址　北京市朝内大街 166 号
邮政编码　100705
网　　址　http://www.rw-cn.com
印　　制　宁波大港印务有限公司
经　　销　全国新华书店等
字　　数　150 千字
开　　本　890×1240 毫米　1/32
印　　张　8
印　　数　1—10000
版　　次　2011 年 12 月北京第 1 版
印　　次　2011 年 12 月第 1 次印刷
书　　号　978-7-02-008846-1
定　　价　22.00 元

曾经,我有个遗憾

在该说我爱你的那个当下

我选择了沉默

而今,就算我有再多的成就,拥有再大的世界

都没有办法让我买回那个错过的当下

我不后悔,我只遗憾

虽然,你在谁身边,都是

我心底的缺

我的文字不值钱但珍贵，因为我放了感情在里面

“我的文字不值钱但珍贵,因为我放了感情在里面。”

在写作最初我曾说过这么一句话,而今六年时间过去,我发现关于这点我还是没变。

写作对我而言大概是这么一回事:有些话我想说,有些人我思念,直截了当地告诉对方我想你,会赤裸的让我吃不消;于是我会想个故事,把那些想说的话以及不再合适的思念放进故事里,然后随便对方看不看得到、理解不理解。

我想要的只是表达,而非被知道。

想表达的不是故事的本身,却是故事里的那些心情及话语,于是我的故事很简单也很一般,甚至往往一句话就能完全交代,我的文字很轻也很重,因为写作对我而言就是这么一回事:有些话我想说,有些人我思念。

为它而存在的半年。

如果要我介绍《你在谁身边,都是我心底的缺》这本书的话,我会这么看待它:为它而存在的半年。

在写完《对不起，忘了你》后我经历了长达半年的写作低潮期，我不知道该怎么办，我觉得很无助，可是没有人帮得上忙，连我自己也帮不上自己；在自我怀疑的痛苦里，我慢慢酝酿出《你在谁身边，都是我心底的缺》这故事，以一种自己也很不习惯的缓慢速度，酝酿，修改，一改再改；然而，在写完它之后，我整个人空掉，在完稿后几乎有半个月的时间，还陷在低迷的失落里，出不来。

《你在谁身边，都是我心底的缺》从动笔到完稿大约是半年的时间，在这半年里的每一天，我都不认为自己能将它完成，这本小说我想把它写得完美，可是连我自己也不晓得办不办得到，我于是沮丧，迷惘，挣扎，终究坚持将它完成。我尽最大的努力把想说的话、关心的事，全写在书里了，包括，这么多年以来，弄也弄不懂的事情。尽可能的我以自己所能理解的角度，写它。

我的文字不值钱但珍贵，因为我放了感情在里面。

六年的写作时间过去，我的整个人变了很多，只是关于这点，还是没变。

橘子

开场白 & 最终章

一首歌，一张喜帖，

四个人共同的回忆，

瓦

解

之一

“你是本质上永远不会变的人，现在是这样，十年后也还会是这样。”

“哪可能呀，你当我是不老魔人哦？”

“真的哟，可能十几二十年后你换了几份工作，结束几段感情，头发逐渐变薄，腰围逐渐变大，在夜店从啤酒喝成威士忌，交通工具从 YAMAHA 变成 TOYOTA……但本质上是永远不会变的那种人。”

当我收到诗茵的喜帖时，首先想到的不是她的新郎长什么模样；也不是当年的那些事，她释怀了没有；却是奇奇在多年前曾经对我说过的这句话——

本质上永远不会变的人。

也对，如果不是我依旧住在这里的话，诗茵的喜帖如何还能寄送到我的手上，在这么多年不见的现在？

而我只是在想，如果我们本质上都是永远不会变的人，那么，你呢？奇奇？

你本质上是怎么样的人？

拿起手机，本来是想打个电话给诗茵恭喜她把自己嫁了出去，或许再试着玩笑的加句“终于”或者“那个衰蛋是谁？”；

接着假装若无其事地问道:奇奇也会出席婚礼吗?你们还有联络吗?她后来过得好吗?是的,我还是很想她,我……还是挂念她,一直一直就,还想她……

然而,当手机拿到了手上,我拨出的号码却还是大佬:

“我——”

连话都还没来得及说,大佬就匆匆忙忙地打断我:

“我现在在香港啦,陈浩呆!回台湾再打给你,有个吓死人的好消息要告诉你,等我哦……哈!”

“干!国际漫游很贵哟!”

在大佬的笑声里我挂了电话,低头把玩着掌心里沉默的手机,虽然觉得这个念头很傻,不过不知道为什么,却还是想要这么做做看;还是想要按下奇奇的号码,或者应该说是,奇奇曾经使用过、后来终究还是舍弃了的号码。

拥有我那么多回忆的号码。

拨号。

拨出这个号码时,我觉得有点奇怪的是,为什么这次传来的不是熟悉的机械式女声、不带感情地告诉我:您拨的号码已暂停使用,请查明后再拨。我在心底失落着这过去的号码终究还是换了新的主人时,手机被接通,而传入我耳膜的,是来自于过去的声音:

"嘿。"

过去的声音,奇奇的声音。

"你、好吗?"

奇奇……

本质上永远不会变的人。

"你是本质上永远不会变的人,现在是这样,十年后也还会是这样。"

"哪可能呀,你当我是不老魔人哦?"

"真的哟,可能十几二十年后你换了几份工作,结束几段感情,头发逐渐变薄,腰围逐渐变大,在夜店从啤酒喝成威士忌,交通工具从 YAMAHA 变成 TOYOTA……但本质上是永远不会变的那种人。"

"这句话什么意思呀?本质上永远不会变的人?"

"就本质上永远不会变的人呀。"

这话我想了想,结果还是搞不懂它到底是什么意思,于是我放弃,改口问:

"那你呢?"

"我是属于新陈代谢的那一种。"

"啥?"

"新陈代谢。"

“新陈代谢?”

“嗯,新陈代谢。把旧的过去丢掉,然后用新的自己好好重新开始。新陈代谢。”

“为什么要把过去丢掉?”

“因为过去了就是过去了。”

奇奇说,然后抽起她细细手指间的细细薄荷凉烟,还对着我的脸喷了一口,让烟雾恰到好处地模糊了当下她的表情。

属于过去的表情。

过去了就是过去了。

新陈代谢。

本质。

变。

你,现在好吗?

之二

交过心的人。

挂上陈浩的电话之后，我脑子里现出这五个大字，嘴角满是微笑，一旁正在努力把自己塞进婚纱的诗茵有点不解地望向我：

"我穿婚纱有那么好笑吗？"

"没有啦，我只是突然想起一首歌，很好听。"

"哪首？"

"陶喆和蔡依林的，今天你要嫁给我。"

"是呀，但每场每场的婚礼都播，还真是吃不消耶。"

"嘿！那张我们穿着红外套的制服合照你还留着吗？"

"当然。"

"嗯。"

我低头习惯性地凝望着并排在桌面上的手指头，突然间有种好像真的回到过去的错觉。

过去，三个人的过去，那段青涩、自私、隐瞒、笨拙，却纯粹的年岁。

交过心的人。

"唉，你为什么总是喜欢这样看着自己的手呀？"

"我这是在看老娘的未来。"

“啥?”

“看清楚了,陈富,这可是一双会改变未来时尚的了不起的手哦。”

“哈,最好是啦。”

“本来就是,现在你眼前的这双手,将来可是会画出让全世界女人都疯狂的鞋子,差不多是会被比喻为东方 COCO CHANEL 的那种程度。”

“哦。”

“你不信?那要不要打个赌?”

交过心的人。

在切断了所有和过去的联系之后,我成立了自己的设计公司,手里握有欧美市场一半以上的流行女鞋订单,平均七个纽约女子就有一个脚上踩着我设计的鞋子,每个月固定会推掉几个时尚杂志的采访;再也不是当年那个领着寒酸薪水、每天却得工作十四个小时,为了买 LV 包包、还得饿上三个月肚子的小设计助理了。

得到了,却不再快乐了;因为我得到了未来,却失去了过去,而至于现在……我尽量不去思考我喜不喜欢我的现在。

我的人生一步一步地往我想要的方向走去,直到高峰,我的物质生活一点一滴地达到饱和,甚至奢华,但内心,却空了。

每天我醒在饭店的VIP套房里，自从住进之后大大的床上就一直只有我自己的体温，鼻腔里嗅着纯白色床单过度清洁的气味时，总是会打心底对自己感到陌生；这个进出有司机接送，生活仰赖饭店管理，工作需要三个助理，被员工敬畏、被客户需要、被商家尊宠、却不被自己真心喜欢的、自己。

每每看着身边这些几乎日夜相处的工作伙伴们，我总怀疑我们是否真的认识？

她们深知我的生活作息、我的工作流程、我的客户名单、我喝咖啡一定要先热杯子，甚至是我的起床气，她们知道每天下午三点整我会抽离工作独自到公司楼下的星巴克里度过三十分钟的自己的时间，谁也不准打扰、什么事也不思考，就是安静地喝杯黑咖啡，并且专心地凝望着我的双手，然后在心底默默地问自己：这个人真的是我吗？这一切的努力都是为了什么？

我这个人，她们真的认识吗？我真的快乐吗？当我们走出这间办公室之后，我们真的还认识彼此吗？

终于在那天，当我结束三十分钟的DND（Do Not Disturb）时间正准备回到现实中的自己时，脚步却被店里播放的歌声拉扯住，蔡依林当时的新歌《酸甜》笔直穿透我的耳膜，接着在一首歌的触动里，我突然感觉到这个"我"的身体里有个什么东西瓦解了、崩坏了。

多年来的麻木、逃避、假装……当我打开眼前这张白色信纸时，全都瓦解了、崩坏了。

那一天　扣着指尖　不问什么　我就相信　我们会永远
那一年　没有宣言　但抱着你　我曾拥抱全世界

哭过了笑过了的瞬间　爱只是暂借来的时间
坚持过谅解过却瓦解　混合着心酸　点点
还有　阳光的温暖　爱一个人的酸甜……

（作词：李焯雄　作曲：薛忠铭）

在一首歌的停滞里，我跟自己承认：是的，我怀念过去。

我于是做了个疯狂的决定：放空。

或者应该说是：永久的离开。

离开现在，找回过去；尽管，早就回不去了。

我最想要的过去，回不去。

把工作交代妥当，我只身回到台湾，重新联络上了诗茵，尽管我真正第一个想见的人是陈富，但是我害怕，害怕他改变，变得不再是我回忆里的陈富……

害怕。

犹豫。

迟疑。

然而，当我看见诗茵身边那个依稀有陈浩影子的未婚夫时，我突然很想要回当初那个我舍弃了的电话号码，那个拥有我们那么多回忆的电话号码……

“唉，你为什么总是喜欢这样看着自己的手呀？”

“我这是在看老娘的未来。”

“啥？”

“看清楚了，陈富，这可是一双会改变未来时尚的了不起的手哦。”

“哈，最好是啦。”

“本来就是，现在你眼前的这双手，将来可是会画出让全世界女人都疯狂的鞋子，差不多是会被比喻为东方 COCO CHANEL 的那种程度。”

“哦。”

“你不信？那要不要打个赌？”

“算了啦，我相信你，嘿！你可是奇奇耶！”

“少来这一套，怎么？你不相信我办得到？”

“哪敢！只是……知道我要的赌注你输不起。”

“哦？说来听听。”

“如果我赢的话，我想要你的永远。”

“……”

宽宽的嘴角漾着的不是我熟悉的痞痞坏坏的微笑，而是直视着前方，陈富认真地说：

“我赌你会得到你要的人生。”

第一章

一个人的倔强是倔强

两个人的倔强是结束

尽管，爱还在

之一

“你叫陈浩?”

开学第一天,放学后我做的第一件事情就是赶紧冲进漫画店里借漫画,当我才走出店门口时就听见迎面有人喊我的名字,抬头我看见两个穿着红外套、背着红书包的吊儿郎当的学长,我很确定我们并不认识,我有点倒霉在开学第一天就遇到坏学生来找茬。

不良学生,站在我眼前的这两个吊儿郎当的学长。

左边喊住我的那个高个儿嘴里叼着香烟,而嘴角漾着充满魅力的笑意,高个儿的右手慵懒地搁在身边一个看起来很帅的眯眯眼学长肩上,而细长的眼睛则是眯起直视着我制服左胸位置上新绣上的名字。

原来如此,难怪他知道我名字;下意识地用漫画挡住左胸,我有点忐忑不安地问:

“我们……呃……认识吗?”

“就要认识了。”

高个儿学长笑着说,左手灵巧地把烟弹熄、让烟蒂在空中划出一道漂亮的抛物线,接着他抢过我刚租到的才出炉的心爱的漫画,很有意思似的低头研究着:

“对味!名字我喜欢,漫画也合胃口——”

“喂，大佬！你这样会吓到菜鸟学弟啦！瞧他嫩的咧！啊哈哈！”

右手边瘦瘦小小模样的学长打断了他，接着这两个人像说了什么天大的了不起的可以得诺贝尔奖的笑话似的，抱着肚子夸张地笑了起来。

不良学生。

果真是个流氓学校，我不该铁了心一定要念的；在心底我叹了口气，接着掏出口袋里仅有的一百块钱出来，只想快点把这件事情处理掉，然后回家看我心爱的漫画。

“我只有一百块，我不会跟训导处打小报告，可是漫画可以还给我吗？因为这集我等了很久才终于借到的。”

但没想到这句话让这两个不良学长听得更是笑到差点下巴没歪掉。

“你以为——啊哈哈，笑死我！大佬你看他啦！嫩鸡一个嘛！哈！”

“阿台够了啦！再笑下去他都要哭了啦。”把右手搭在我肩膀上，高个儿学长用一种好像我们早已经认识八百年了的哥儿们的口吻说：

“你这小子我喜欢！走！学长请喝茶！”

“可是——”

“好狗运呀你这嫩鸡！我们大佬赏识你哦！啊哈哈！”

“……”

填写《读者反馈表》好书免费送！（5选1）

填写完毕并邮寄给我们，就可免费获得明信片正面5本好书中的任意一本。

☐ 我已经是99读书人俱乐部会员

姓名　　　　会员号

☐ 我愿意参加读者反馈活动，并加入99读书人俱乐部

姓名　　　　☐男　☐女　　出生年月　　年　　月　　日

通信地址

（我们将定期向此地址邮寄99读书人俱乐部会员目录）　　邮编

家庭电话　　－　　　　手机号码

E－mail

☐ 我选择的免费好书是：　　　（请填写正面图书编号：A、B、C、D、E）

《读者反馈表》

1、您本次购买的图书是：________________

2、您平时在哪里买书？☐大型书店　☐购书网站　☐电话邮购　☐淘宝网　☐小书店

3、您每年平均购书的金额是？☐ 小于100元　☐ 100－200元　☐ 200元以上

如何获得免费好书？

我们在收到您的明信片后，将把您选择的免费好书加入您在99读书人俱乐部的会员账户中，并随您的购物订单一同发送。（新会员填写完整明信片中的个人信息即可获得会员账户）请在明信片寄出后（老会员为10日，新会员为7日）致电400－6699－699与客服人员确认。

本活动每人限得1本，上海九久读书人文化实业有效公司保留活动解释权。

MX110201

勿忘付邮资

上海市南邮政

032－99信箱

邮政编码：200032

中国本土最专业的网上书店
在线销售300,000种的图书、音像、礼品、服装
订购／入会：400-6699-699
送
A.《玩火的女孩》
[瑞典] 斯蒂格·拉森 著
人民文学出版社 2010年8月出版
送
B.《文学少女1》
[日] 野村美月 著
人民文学出版社 2010年9月出版
送
C.《瘦身我最大》
[台] 英特发股份有限公司 编
中信出版社 2010年12月出版
送
D.《可不可以不要铁饭碗》
送
E.《弯家有娘初长成》
[台] 弯弯 著
人民文学出版社 2011年1月出版
www.99read.com
网上书城
Read club

这就是我和大佬还有阿台认识的经过，在开学第一天的放学午后，漫画店前，只因为一个名字，还有一本漫画；没头没脑，莫名其妙；我不知道大佬为什么独独挑上我这个在当时看来笨到几乎呆的学弟当哥儿们，我只知道在那个淡到几乎无聊的放学午后，却是我人生真正苏醒的开始。

而那天的太阳，很刺眼。

在那个没头没脑、莫名其妙的放学午后，大佬还有阿台带着我到学校附近一个隐秘的巷子里喝茶，是那种到处都有的平凡吃茶店，坐在到处都有的木头四方桌椅上，喝着到处都有的冰透百香红茶，唯一比较特别的是，店里播放的音乐是当时已经不太流行了的流行歌曲《我和我追逐的梦》，Repeat 到底，一遍又一遍几乎烦死人。

在刘德华的歌声里，大佬把玩着我心爱的刚借到的本来想冲回家看个过瘾而此时却在他手上的漫画，用一种找话聊似的口吻，问：

“你喜欢看漫画？”

“嗯呀。”

“也喜欢画漫画？”

“嗯呀。”

“这就是你来考复兴美工的原因？”

“复兴商工啦。”

“闭嘴啦，阿台。”

“呃……嗯呀。”

“你除了‘嗯呀’之外会不会说点别的呀？”

“嗯——呃……”

“好了好了，”敲了一下我的头之后，大佬点燃一根香烟，再度眯起他那双尊贵的细长眼，好像要确认什么似的问：“告诉我，你身上真的只有一百块？”

“嗯——对、对呀。”

然后他们又爆笑了起来：

“笨死了你这嫩鸡！”

“你白痴哦！下次如果真的遇到勒索的话，不用真的把全部的钱掏出来啦！哈！”

“……”

敲了一下阿台的头、示意他闭上嘴巴别再笑了之后，大佬清了清喉咙：

“明天把你画的漫画带来给我瞄瞄。”

“呃——”

“随便找个人报上大佬名字就会告诉你我们的教室在哪啦！”

于是我才知道，原来这两个看似不良的学长其实只是无聊刚好晃到漫画店于是看见我，而我之所以被大佬物色到只是因为我的名字叫陈浩而他叫陈富，或许还有那么部分的原因是：从小就是独生子的大佬，一直很想要有个弟弟，尤其是不像他那么聪明的那种，譬如说我。

"如果我有个亲弟弟的话，我会希望他就是你这呆样。"

有一次，大佬这么对我说过。

大佬和阿台是当时学校里的风云学长（甚至阿台还是他们班上唯一没被和连战同姓的那个老师从窗外丢过作品的天才），穿着打扮不良、感情记录不良、思考行为不良的不良二人组，却突兀地物色上我这个国中刚毕业的青涩笨拙的学弟当起哥儿们来，还扎扎实实地罩了我整两年，甚至在他们升高三那年的暑假还正正经经地弄起工作室，包含我们所有复兴回忆的工作室。

工作室。

工作室的前身是大佬位于家里整层楼的地下室空间，身为独子的大佬独自拥有这三房两厅以及在当年就首先干湿分离的超大浴室，还有本来应该是车库，结果却摆了个台球台的台球间，工作室不分日夜总是开着过强的冷气，有着挥之不去的烟味；工作室在还没有变成工作室之前是我们一伙人下课后老赖着厮混打牌、喝啤酒、看漫画、打台球的场所；所谓的

“我们”人数不一定、关系不一定，有些人隔三差五就跑来赖上一整夜，有些人久久才会过来露脸一次，而更多的人则不晓得到底是谁的朋友的朋友；工作室的人来来去去、新旧交替，但大抵的固定班底还是以大佬为首，加上阿台还有我，以及一对吵吵闹闹分分合合总是热衷在台球间里开发性体验而且还不关门的情侣档学长学姐——沙大和沙嫂。

工作室。

工作室之所以变成工作室，是因为大佬升高三那年的暑假，他老子突然一个念头兴起，说了一句：“我决定了！啤酒的年代结束了！”接着他老子向阿台口述、要他画了张室内设计图，然后请大佬的室内设计师爸爸把原来的格局改装成两个摆有 Mac 以及高级音响还有几张沙发床的工作间，客厅巧妙的摆设成有点正式又非正式的会客室，厨房加了 L 形的专业吧台还有几把设计感强烈的高脚椅，依旧维持不变的是台球间还有非请勿入的大佬的日式卧房、他的私人空间。

大佬花了整个暑假的时间把他一层楼的空间改装成他心爱的工作室，完工之后便妥善运用他老爸的人脉以略低于专业的行情价码接案子，然后再以略高于学生的行情把案子转发给工作室里的同学们，就这么有模有样地赚起其中合理的差价，当起工作室的老板来。

工作室。

大佬的工作室在我们那年代的复兴美工具有某种台面下的身份象征:仿佛能够进出它就等于拥有某种身份认同,而这样一间神秘工作室,竟是出自于从来不交作业的大佬之手。

大佬在复兴美工的整三年从来没有交出过任何一篇作品,却在他高三那年暑假就扎扎实实当起老板来,而实际上大佬确实是比同龄的学长们早熟没错;大佬对运动没有兴趣,却在高中时就长了一米八的身材,有着运动员般高大、宽厚肩膀、深邃眼睛、型男平头、宽宽嘴巴、嘴角总是漾着一抹坏坏的笑,以及家里虽然离复兴美工只有五分钟的脚程仍然每天开车上下课……这些加起来就是迷倒所有女孩的全部了。

而实际上大佬也果真没浪费任何一个迷上他的女孩。

所以我才更搞不懂,这样一个万人迷的风云学长,为什么却独独挑上我这样一个平凡到几乎呆的学弟当哥儿们,甚至无视于我在设计方面缺乏才能而热情邀请我加入工作室(尝试过两个案子之后,大佬不得不承认这是个错误的决定,于是要我帮他跑案子当 AE),也是因此,我才得以有机会遇见大佬口中的“她”,而非“她们”。

她,传说中的大佬的正牌女友,奇奇学姐。

这样的一个大佬,成为奇奇学姐的男朋友,我不知道对她而言是幸还是不幸。

奇奇学姐。

仿佛是一张明信片的画面似的，当我无意撞见大佬和奇奇在工作室的日式卧室那幕。

那天我终于成功跑到进工作室以来的第一笔案子，开开心心地来到地下室，然而，当我打开地下室的大门时，里头奇迹般空无一人，异常的连吵死人的音乐也没有，只唯独大佬声称谁都禁止进入的日式卧房透出灯光来，而且门还没关；站在黑暗之中，我看见日式卧房里，人高马大的大佬背对着我、横躺在奇奇学姐的腿上，像个温驯的大宠物、也像个正在撒着娇的小男孩，而奇奇学姐低垂着头，温柔地替大佬掏耳朵。

虽然看不见表情，但你就是看得出来，他们打从心底幸福。

宁静的画面，明信片似的画面，而我想，如果给这张明信片起一个名字的话，它应该叫作爱情。

爱情明信片被我笨拙的脚步声打扰，当我的脚不小心踢到桌子发出声音时，奇奇学姐抬起头，笔直凝望着我，我们四目交接，不知道为什么，我当下只有一个念头——逃！

那是我第一次也是最后一次在工作室里遇见奇奇学姐。

几天之后，大佬把我找到工作室里，他一个人坐在厨房的吧台上，右手撑着身体，左手拿起一瓶又一瓶的啤酒往嘴里灌；大佬什么话也不说，仿佛只是专程把我叫去看他喝酒似的。

仿佛是过了一整晚那么久的时间之后，大佬终于喝够了似的、抬起他尊贵的细长眼瞪着我，细长眼里布满了因熬夜以及酒精而充血的血丝，大佬问我：

“你信不信我有真心？”

“嗯？”

“我问你！你信不信我有真心！”

“呃……信呀。”

“很好！我就知道没看错人！”

“大佬……你怎么了？”

“爱不是要求对方为你改变！知道了吗！”

“大佬……”

“永远别奢望对方为你改变！我说的是永远！”

那是大佬在那夜的混乱里说的最后一句话。

那也是我第一次以及最后一次看见大佬正正经经的表情。

当我又开始看见大佬带着不同的女孩子回工作室搂搂抱抱亲亲热热，却又坚决不肯让任何人踏进日式卧室，甚至看它一眼时，我才明白原来那夜大佬往嘴里灌的或许不是酒，而是仍爱着却又不得不失去的苦。

明知会走到这一步却执迷不悟的苦。

往后大佬总是嬉皮笑脸地告诉我，他又失恋了哭湿了几个枕头套，嬉皮笑脸的说、不带一丝真心的那种；而我只是在想：是不是每次那样子的大佬，其实只是在怀念那晚真心为失去而痛苦的自己？

之二

没想到和陈富分手之后，我最怀念的竟是他的手。

大而厚实的手，陈富的手，不肯安分的手，终究不是我该握上的手。

那手在初见面时便在空中向我伸展，而地点是摄影社的教室。

“奇奇？哇靠！超赞的名字啦！我可以认识你吗？”

望着这一年级生在空中伸出的大手，我只花了一分钟不到的时间，就让这手的主人明白我这个人很不好相处。

我起身离开，装作没看见也没听见，故意要这吊儿郎当的手在空气中僵住、尴尬住。

然而，没想到当我才踏出摄影社时，这手竟追了上来，这手插在口袋里，这手的主人吊儿郎当地说：

“哇噻，学姐你好厉害哦，连背影都可以看起来这么不爽。”

“你白痴哦。”

“哦……你看起来很高，但其实并没有嘛。”

“怎么不说是你长太高了。”

我在心里这么咕哝着，但嘴里还是不发一语，和陌生人说话并不是我的习惯，而实际上我的习惯是不和任何人说话。

我于是只是转过头，瞪他。

而这小子依旧是不当一回事的嬉皮笑脸着：

“所以，学姐也是摄影社的吗？那好，我就加入这个了。”

随便！反正我已经退出社团了，笨菜鸟！三年级有多忙你根本就不会晓得——

才在心里啰嗦这一堆时，没想到这小子竟无耻的再次伸出手，而这次他不是要同我握手，却是直接把手张开罩住我的头。

“原来如此，我妈说后脑勺圆的人脾气通常都不好耶！”

“你白痴哦！”

拍开他的手，本来是想掴他一巴掌的，但不知怎么搞的结果我却是气得笑了出来。

那是我们的手第一次的接触，也是第一次我发现到他有一双充满魅力的细长眼。

“嘿！笑了吧！那可以 NG 重来了。”

“什么鬼？”

“NG 重来呀？你不知道哦？”清了清喉咙，他有模有样地重复了一次：“奇奇？哇靠！超赞的名字啦！我可以认识你吗？”

“白痴。”

“嘿！学姐，我的名字叫陈富不叫白痴。”

“随便。”

“学姐知道附近有什么茶店吗？这次搭讪有点久，所以搞得我好渴，因为是你害的，所以让学弟请你喝杯茶如何？”

“我没空跟一个国中刚毕业的白痴喝茶。”

然后我就走了，然后他的声音从背后穿入我的耳膜：

“我——叫——陈——富！”

也穿入我的生命，在复兴美工的最后这一年。

这白痴开始在每天放学后跑到我的教室门口等我下课，也不管我不理他，就这么自顾着跟在我身后走着；有时候他是好奇干嘛我总是一个人独来独往？是不是因为太凶所以没有人敢跟我做朋友？而通常我都懒得理他，放他一个人对着空气自问然后自答，而更多的时候，他倒是不当一回事的索性就自己对着名字叫作奇奇的空气聊起来。

我真的很佩服他的无耻。

“学姐你有被那个姓连的教到吗？”

连老师？

“真的很鸟耶，那个姓连的！居然敢丢老子的作业，他以为他是谁呀？”

菜鸟就是菜鸟，连老师本来就是丢学生的作业出了名的。

“……我就告诉我自己，好呀！今天老子肯交作业你还不懂得珍惜它反而还丢它，那就这么办好了！你丢出去的那张画也会是老子在这里交出的最后一张！”

幼稚的赌气鬼，会被连老师丢作业本来就是很正常的事，自尊心这么强，干嘛还来学设计！

“……我们班班代阿台倒是很义气，我才说了一句白毛实在很欠揍，结果今天午休时他就在后面揍白毛……”

白毛？流浪狗吗？

“结果白毛居然哭着抱阿台的大腿说：不要揍我啦！我们来当好朋友！哈！笑死我！结果阿台听了更火就揍得更狠！我们看得都快笑死了。”

白痴。

“你知道上星期学校闹很大那件事吗？有人被脱得精光丢到厕所海扁一顿，那个人就是白毛，真的是，没看过这么惹人厌的家伙……”

白痴。

“嘿！学姐，你们复兴美工的人都这么野蛮吗？”

“什么我们复兴美工？你自己不也是读复兴美工？”

“哇！成功了！苦缠第八天，你终于开口跟我说话了，Yes!”

“你白痴哦。”

“学姐你有男朋友吗?”

“学姐没空交男朋友。”

“事业做这么大哦?”

“干你屁事。”

陈富突然握住我的手,赶在我甩开之前,他快快说道:

“请问学姐,我又高又帅又有钱,为什么交不到女朋友?”

“放手啦自恋鬼!”

“我哪里自恋了,我只是很平静地表达我的疑问而已。”

“说自己又高又帅又有钱,这还不自恋?”

“我本来就又高又帅又有钱,干嘛要假装自己不知道这件事?”

“随便啦!你再不放手小心我揍你!”

“要揍尽管揍,反正我不放手。”

我瞪他。

“好啦好啦我怕你,这么凶,难怪没人敢跟你做朋友。”

“干你屁事!”

“呵!所以咧?你看为什么我交不到女朋友?”

“干我屁事。”

“当然干学姐屁事呀!因为呢,如果我交到女朋友了的话,就不会再每天这样烦你了。”

“谎话连篇。”

“唔？听起来好像你很舍不得我不烦你哦？”

“屁咧！”

“你脸红了。”

“你很烦耶！这么闲干嘛不去找那些每天下课一起打情骂俏的学妹呀！”

“哦哦——被我套出话了！你下课后明明就有在偷偷注意我。”

“你白痴哦！”

甩开他的手，我连忙转向前走，因为不想他再看见我此刻的脸红。

“学姐！你知不知道我做过最疯狂的事情是什么？”

“走开啦！”

“猜对了！是把一个不理我的老叫我白痴的学姐当街拦腰抱走。”

“你敢！”

“你猜我敢不敢？”

“你到底想怎样？”

“想要你当我的女朋友。”

“……”

“嘿！附近有一家茶店很搞笑，从开店到关店都只放刘德华《我和我追逐的梦》，陪我去喝会冰透了的百香红茶，然后我就答应不绑架你。”

"……"

"还是说你其实很想被我当街拦腰抱走?"

"……"

"拜托啦！我陈某人这辈子厚脸皮的配额已经快被你用完了耶。"

然后我忍不住还是笑了：

"你们复兴美工的人都这么野蛮吗?"

然后他宽宽的薄嘴唇在我面前笑开来,笑开来;凝望着那笑,我知道,我瓦解了;瓦解在那笑容里,瓦解在爱情里。

瓦解。

爱。

爱情的美好在毕业之后随着我选择离开台北工作而走向挑战,而我们,并没有赢得这场名曰距离的测试;距离稀释了爱情的浓度,而那双不安定的手,则终结这场名曰距离的爱情。

——你这周末又要加班?

——没办法呀,开发季嘛。

——那好呀,你不回台北的话,我就找别的女生约会了。

——你知道我不喜欢你开这种玩笑。

——如果你下周末再不回来的话,这就不是开玩笑了。

——只有在你身边的时候，你才肯安分吗？

——对！

我们都要求对方改变，我们都等待对方改变，只是我们都不肯为对方改变。

——伤害我很好玩吗？

——原来你在乎哦？

——如果你只是想要我的在乎，不用那么浪费力气劈腿！

——我跟她又没真的怎样。

——我早就告诉过你了，你再招惹那些学妹一次，我们就分手。

——从一开始你就知道我是这样子的人了！

——我以为你改变了。

——谁叫你要离开台北！

——我不像你家里有钱，很抱歉，我得赚钱养活自己。

——那你还是可以留在台北呀。

——那家公司的薪水比较高！

——你只是不够爱我而已，我还不够让你爱到为了我留在台北！

——不用浪费力气找借口了，陈富，就算我留在台北，你还是不会安分的。

——连试也不试,你就知道?

望着这个我生命中最初的男人,我看见我们的孤独。

被爱,却孤独。

——你永远不会改变自己的,陈富,我说的是永远。

——永远是什么?

——永远是你到不了的地方。

——你的要求太高了,奇奇,不管是对别人,或者对你自己;永远没有人能达到你的要求,包括你自己。

那是在我们最后一次的见面里,陈富说的最后一句话。

而那次,陈富不再握上我的手,凝望着陈富眼底的倔强,我知道,走完了,这爱情路,我们走完了。

在那家我们叫它作"我和我追逐的梦"的茶店里,在我们第一次约会的两年之后,我们的爱情,在一次又一次的争吵里撕裂,撕裂,撕裂,终至磨损殆尽。

在最后一次的见面里,我凝望着那双曾经温暖过我的手,而最后却只是环抱在他自己胸前,那是第一次,陈富在我面前沉默。

而我只是在想:如果当时陈富握上了我的手,用他一贯的嬉皮笑脸、再一次的发誓这绝对是最后一次，那么，一切是不是就会不一样了？

我想我知道答案。

本质上永远不会变的人，就算改变，也不会永远的。

而我只是在想：为什么明明还被爱着，可是却孤独？

孤独。

和陈富分手的那年，刚好蔡依林发行她的第一张专辑，每天下班之后，我把自己关在十五平方米大的房间里，一次又一次的听着《The Rose》这首歌曲，然后泪流，我知道好像很多人都对这个小女生感到讨厌，但我想那不关我的事，我只知道这首歌很好听。

我知道这么做只会让自己更加难过，可是我没有办法，连抬手将它关掉的力气都失去。

When the night has been too lonely,

And the road has been too long.

And you think that love is only,

For the lucky and the strong.

而当我终于解除 Repeat 键时，是因为家里传来父亲上吊自杀的消息，父亲走后只留下他生前大量的、卖不出去的画作,还有负债,还有母亲的离开,还有……

还有我长久累积终至引发的忧郁症。

那是我人生中最难熬的一年,而我最爱的男人,并不在我身边。

第二章

爱情来了，爱情走了

被留下的我们

还剩下些什么？

之一

“都高三了还没交女朋友,浩呆你该不会是死屁精吧?”

每当大佬不在工作室的时候,沙大就喜欢这么损我。

沙大是热爱使用工作室里的台球间开发性体验的那对情侣档学长,也是大佬不在时就会跳出来决策的领导型人物;不过自从有次沙大偷偷把工作室里一个学妹带进去使用台球间、还该死的被大嫂撞见、因而搞得工作室鸡飞狗跳之后,大佬就严格禁止沙大再进台球间一步了(不过倒是因此间接让沙大开发出野战的乐趣)。

“人家都跟你那么久了,适可而止一点比较好。”

当时大佬只跟沙大说了这两句话,当大佬好不容易把发誓再也不踏进工作室的大嫂安抚下来之后。

我可以理解为什么沙大在升大学之后却还是爱往工作室里窝,但我无法理解为什么沙大有了大嫂那么辣的女朋友了还是想偷吃;我可以理解沙大为什么那么混账,但大佬还是愿意把他当哥儿们,但我无法理解沙大为什么那么关心我不交女朋友的事。

“你其实长得不赖呀,浩呆,是不想交女朋友还是交不到女朋友?”

“我哪知。”

“大佬不是过了很多妹给你？都没有对眼的哦？”

“没有呀。”

“那个没事就来找你的刘海妹咧？我看她蛮纯的。”

“诗茵？我们只是普通朋友啦。”

“普通朋友个屁啦！我看她明明哈你哈得要命！”

“不要乱讲啦。”

“我看她应该还是处女吧？”

“你想干嘛？”

“帮她个忙呀，我还没上过处女耶。”

“……”

“要帮你个忙吗？”

“吭？”

“等一下你大嫂会过来，”沙大贼贼地笑着，然后眼神撇了撇撞球间，“你的话她应该会放心一点。”

“喂！”

“哈！你想到哪去啦？”学着大佬把手搭在我的肩上，沙大凑近我耳朵，悄声说道：“我的意思是 3P 啦！怎么样？不赖吧？”

甩开沙大的手，想干脆走掉时，沙大又把我拉住：

“别那么古板嘛，浩呆！我好不容易才说服你大嫂耶！可是怎么办呢？找不到信赖的人可以一起嘛！反正你也没经验,正好我们教教你嘛！你应该连女人的屁股都没看过吧？正好你大嫂的屁股很正哦!”

“沙大!”

“少假惺惺了,浩呆！哪个男人不好色呀?”

我感到既愤怒又受伤,愤怒的是沙大对于性的随便,受伤的是对性不随便的我没有性经验,而这,原来令人看轻。

原来没有谈过恋爱,是件该要悲哀的事。

“哎哟！生气啦？好啦好啦,如果生气的话,就当我刚刚开了一个难笑的玩笑好了,不过你想当真的话,现在还是来得及。”

“……”

“啧！扫兴！真是一个闷,沙大我,真的是超级想 3P 的啦!”

“你可以问大佬呀。”

“你说什么!”

突然收起了不正经的表情,沙大阴沉地怒视着我;我隐约感觉到他们之间好像有个什么只有彼此心知肚明的秘密,可是我不知道这是不是个我能过问的秘密,于是我的选择是沉默。

“浩呆！你学妹在外面——咦?”阿台从楼梯探出头来,打断了我和沙大之间莫名其妙的僵;“原来你在这里哦？大嫂在找你耶。”

“哦,知道了。”

“你们今天搞什么呀？大嫂今天怎么穿着护士服?”

暧昧地笑了笑,沙大得意洋洋地说:“角色扮演啦。”

“色胚。”

“哈！走啦,拜。”

拍了拍我的肩膀,沙大越过阿台,吹着口哨离开。

我觉得沙大好像在对我示威。

“你们刚在聊什么？气氛怪怪的。”

“没有啦。”

“没有才怪咧！你这小子表情全写在脸上了。”

想了想,虽然觉得不太会是从我嘴巴里说出的,不过不知道为什么,我还是很想要问问阿台:

“那个……你有那个过吗?”

“那个？做爱哦？当然有嘛！你老哥我早就被用过啦！摄影社那个海咪咪你记得吧?”兴冲冲地坐在我身边,阿台亮着眼睛问:“你和刘海妹等一下是要去那个哦？终于哦?”

“没有啦,不要乱讲。”

“好好表现哦,浩呆！不要丢我们工作室的脸！啊哈哈!”

把阿台的笑声丢在身后,我爬上楼梯,离开。

然而，在那个不愉快的晚上，我和诗茵并没有如他们(或许包括我自己也不一定)以为的，单纯的从学长学妹进一步发生关系，倒是破天荒的去了夜店。

夜店。

坦白说，当诗茵告诉我她晚上要去夜店喝酒时，我只觉得她在搞笑，因为夜店这个字眼实在很不适合从她那样一张纯朴的脸孔说出来，麦当劳或永和豆浆搞不好还合适点——当然，我自己也没什么立场取笑她就是了。

"没有啦！因为我学姐刚好突然打电话给我，说她今天晚上很想去夜店来个告别忧郁 Party，想要找我陪，所以才想顺便问你要不要一起去，因为我也没去过夜店，感觉有点怕怕的，所以——"

在诗茵一连串的絮叨下，我对"告别忧郁 Party"特别有感觉，于是打断了诗茵的啰啰嗦嗦，我好奇地问：

"告别忧郁 Party？那是什么？"

"没有啦，只是个名称而已，"诗茵眼神闪烁了一下，"怎么样嘛？你要不要陪人家去？"

"干嘛要找我？我又不认识你学姐。"

"人家就是……我不知道怎么说啦。"

——那个没事就来找你的刘海妹咧？

——少假惺惺了，浩呆！哪个男人不好色呀？

“约我喝酒……你该不会是想把我灌醉了然后那个吧？”

“才不是咧！只是想要你当司机载我们而已啦！想太多……”羞红了脸，诗茵自己也意识到这个说法很没说服力，于是她情急扯了一个更没说服力的说法：“反正你可以跟大佬借车嘛。”

“那你直接约大佬不就好了？”

“我又不认识他。”

诗茵习惯性地用手指头搓着她的厚刘海，表情是一副快要哭出来了的样子；每当诗茵开始搓着她的厚刘海时，我就知道再逗下去，她肯定是会哭了。

“好啦好啦，我打个电话问大佬。”

当我打电话问大佬借车时，他的声音听起来不太好的样子，而且背景音乐是《我和我追逐的梦》，才奇怪大佬不是已经不去“我和我追逐的梦”了吗，大佬就烦躁地打断我的疑问：

“嘿，浩呆！我今天做了一件可能会让自己后悔一辈子的事情，因为想要忘记，所以你帮我记住。”

“好呀，什么事？”

“说了你也不懂，总之，你帮我记得有这么一件事就好了。”

“因为想忘记，所以要我帮你记住的事？”

“嗯。”

“嗯。”

接着在当天晚上，我走入奇奇的世界，而当时我并不知道，眼前的这个女孩就是奇奇。

告别忧郁 Party。

所谓的告别忧郁 Party 正如诗茵所说的，只是一个名称而已，而地点是一家有 Live 演唱的夜店，约莫七八个左右的人占据了其中的一个包厢，而所谓的包厢说穿了也只是用白色薄纱隔出来的沙发区，沙发区的中心位置坐了一个抽着烟的酷女生，当我第一眼看到她的时候，直觉联想到的是日本漫画 NANA 里的摇滚 NANA：配合优美颈肩线条的直短发，小小的脸上用摇滚味极重的黑色眼线圈出的大眼睛，小巧的鼻子还有翘翘的嘴角透露出她难以亲近的气质，以及强烈却哀伤的瘦，瘦得令人不安。

“你男朋友？”

而这是她开口的第一句话，眼睛望着的人是诗茵，迷离的眼神，眼神里没有我的存在，或者可以说是什么也不存在。

“不是啦，是我之前提过的学长。”

“复兴美工？”

“哎。”

接着我的脸才终于映入她的视线里。

“你叫什么名字?”

“陈浩。”

我有点紧张地回答,而她的反应是沉默。

在一根烟的沉默之后,她将烟捻熄,然后把脸转开,整个晚上都不再开口说一句话。

告别忧郁 Party。

结果整个晚上告别忧郁 Party 的女主角连一句话也没打算说,就是专心着沉默,除了拿起酒杯喝酒之外,就是低头专注地研究着她放在桌面上的双手,仿佛那双手有什么秘密要告诉她似的;而身边的人倒也像是习惯了似的不打扰她,也不被她的沉默打扰,只是关于这点我是觉得很不可思议的,因为在我们工作室里,沉默是不被允许的存在。

我们都有冷场恐惧症。

于是身为工作室一份子的我,自觉有义务解开这个沉默,把杯子里的啤酒一鼓作气喝干之后,我才鼓起勇气试着向她攀谈:

“对了,你知道什么是国王游戏吗?”

她望着我,她不理我。

“我们工作室很热爱这个游戏,简直是玩不腻耶。”

还是不理我。

“就是呀，每个人会先抽个号码牌，然后呢赢的人当国王，当国王的人呢有权力叫他抽到的那两个号码做任何事。”

她一边看着我，一边燃起一根细细长长的薄荷凉烟，看得出来，她真的觉得我很无聊。

“有一次好不容易我赢了当国王了，结果你猜我想到的游戏是什么？”趁着她烦躁地想把脸转开之前，我紧急宣布答案：

“就是抠牙屑叫对方吃。”

她先是一愣，然后厌恶的表情出现在她脸上；我知道，我成功了。

“你白痴哦！”

她说。

就是在这个当下，一个什么似曾相识的感觉闪过我的脑海，我这才恍然大悟原来她就是奇奇！那个传说中的大佬曾经的学姐女友，那个他们分手的夏天，大佬一句——啤酒的年代结束了——接着开始着手弄起工作室的夏天。

你白痴哦。

大佬后来就不再那么挂在嘴边的口头禅。

你白痴哦。

每当大佬不经意又冲口而出时，就会及时打住，然后把眼睫毛低垂下来，陷入无尽的沉默。

你白痴哦。

而我只是在想,原来在那个夏天之后,变了的人,不只是大佬。

原来分手不会只让一个人改变。

之二

当体重只剩下三十六公斤的时候，我告诉镜子里的自己：好了，该够了，承认吧！你真的没有本事只靠自己摆脱忧郁。

你需要帮助。

厌恶地离开镜子，把总是沉默的手机拿出来，本来是想拨一〇四问医院电话的，但不知怎么的，我拨出的却还是陈富的号码。

去他的医生，去他的吃药，我想要的还是陈富的帮助，到头来，还是。

拨号。

拨出这个几乎一年没再拨出过的号码，号码响了很久才终于被接通，而接通之后首先出现的是一阵不太确定的沉默，沉默之后才是陈富的声音：

“Hello?”

“我……我是奇奇。”

当这句话说出时，我突然觉得好荒谬：怎么现在的我们，在拨出对方的号码之后，首先得做的是报上自己的名字？

距离总是从微小的细节开始浮现。

“我知道。”

陈富说，然后又是沉默。

“我……可以见你一面吗？”

为什么曾经熟悉的一句话，如今却要花费这么大的决心才能说出？而且还忐忑。

“有什么事吗？”

“……”

“你当初把我甩掉，为的不就是不想再见我一面吗？”

原来在你的眼里，我只剩下残忍？

心烦意乱的想挂了电话时，陈富又说：

“几点在哪？”

挂了电话吧！对，挂了……不要再错了，不要……

“下午三点，‘我和我追逐的梦’，可以吗？”

“你怎么变了，奇奇？什么时候你开始也用这种软弱的口气说话啦？”

尖锐的语气，陈富的语气，我陌生的语气。

残忍。

“算了，当我没——”

“下午三点，‘我和我追逐的梦’，知道了。”

陈富打断我，然后说，然后粗暴地挂了电话；听着重新恢复沉默的空气，我觉得自己好白痴，我不知道自己到底在干嘛。

我不知道和陈富见面到底能帮助我什么，我只知道只要见他一面,我应该就能好过一点。

我憎恨自己的无助。

下午三点钟,几乎一年时间没再进过的"我和我追逐的梦",见陈富。

我和陈富约了三点在这里见面,只是我没想到的是,依旧是习惯性比约定的时间提早到来的陈富,身边却多了一个女生。

姿态是他女朋友的女生;同样有着长直发、小脸蛋和大眼睛;姿态是陈富女朋友的女生,我不认识她,可是就因为如此,我讨厌她。

我讨厌陈富的故意。

当他发现我的第一眼,陈富的眼底是不太明显的诧异,但随即他低垂着长睫毛,当他再抬起眼睛时,脸上是他一贯的吊儿郎当:

"你怎么瘦那么多?"

"我爸爸自杀了,我这一年来过得不好,很不好,连工作也没有办法;我知道我应该去看医生吃点药,可是我真的讨厌医院,那是我最后见到我爸爸的地方,我讨厌它。"

我以为我这么说了,可是我没有;我的眼睛只是笔直地凝望着陈富的手,亲密地搭在那个女生的肩上。

你还是没变。

望着那双曾经温暖过我的手，如今却搭在陌生女孩的肩上，我冻结得连话也说不出来；我知道我们分手了，我知道提出分手的人是我，可是我不知道这一幕竟会让我无法忍受。

难受。

“是不是工作太忙啦？”

“你有女朋友？”

“很意外吗？”

“……”

“找我有什么事吗？”

精准的伤害，这——陈富刻意表现的距离。

“没事。”

我说，然后转身离开，趁着情绪溃堤之前，赶紧离开，以一种逃离的姿态，离开。我觉得自己好狼狈。离开时我才发现店里依旧播放着千古不变的《我和我追逐的梦》，不知道为什么，我突然觉得该是新陈代谢的时候了。

歌还唱着，只是感情走调了。

新陈代谢。

找了最近的提款机，我把母亲离开前留下的钱全数领出，握着手里最后的钞票，我望着显示屏上的余额，突然念头一转，我把手中这张塑胶卡片折断，然后丢弃，因为，我知道我再也不会需要它。

只能给你这么多，别怨我

好好照顾自己，我知道你可以

想起母亲亲手写下的离别纸条，摇摇头，我走进发廊，一点眷恋也没有的就要设计师帮我把这么多年来的长直发剪掉。

新陈代谢。

接着是化妆，买了整套的彩妆，我请专柜小姐帮我以及教我化妆，望着镜子里被画上的强烈黑眼线，我看见伪装的勇敢，我觉得这样很好。

新陈代谢。

最后我邀请了诗茵还有几个勉强还留有彼此门号的朋友笑说今晚来场告别忧郁 Party，作为这场新陈代谢的终点，以及起点。

在告别忧郁 Party 里，我第一眼看到陪着诗茵同行的男生时，还没联想到这应该就是她有事没事爱提起的学长，只觉得他有张好看的脸、恰当的身材比例，只可惜他还不知道怎么适当的呈现自己，我想那大概是因为他还很年轻，还弄不清楚自己的优点在哪里的关系，不过话说回来，谁在他那年纪时不是这样吗？

直到复兴美工这四个关键字穿进我的耳膜时，我才明白；打量着眼前这男孩，我在心底猜测着他应该是几岁？今年几年级？参加什么社团？会不会刚好认识陈富？有没——

够了！

"你叫什么名字？"

"陈浩。"

他为什么要叫陈浩？为什么只跟陈富差一个字？世界上有这么多的字，为什么他偏偏只跟陈富差一个字？他今年几岁？几年级？参加什么社团？会不会——

够了。

把头低下，我习惯性地把双手并排放在桌面上然后凝望，这是唯一能让我抽离身边讨厌的现实的方法；我喜欢凝望着我的手，然后在心底默默向它许愿，我知道这举止常常会让旁人不自在，但我想那不关我的事，再说身边的人早也应该习惯了，习惯了这举止、习惯了这样子的我。

然而，这初次见面的陈浩却好像很不习惯，见他把杯子里的啤酒一口气喝干，然后莫名其妙地开始说起单人相声来，而述说的对象是我：

“对了,你知道什么是国王游戏吗?”

不知道,也不想知道。

“就是每个人会先抽个号码牌,然后赢的人当国王,当国王的人呢有权力叫他抽到的那两个号码做任何事。”

讲话的口吻也还很孩子气,他高三了吗?听来应该还没,还没高三的话应该不会认识陈富了吧?

“有一次好不容易我赢了当国王了,结果你猜我想到的游戏是什么?”

听到这里我已经差不多想把脸转开了,不过这小子很不屈不挠地赶紧说道:

“就是抠牙屑叫对方吃。”

我先是一愣,然后一阵恶心的鸡皮疙瘩爬满我的手臂,我想大概是酒精的关系,因为我的反应居然是笑,我笑着说:

“你白痴哦。”

新陈代谢。

Party 结束,回家。当陈浩把车开到店门口接我和诗茵时,我知道,新陈代谢结束了。

因为出现在我们眼前的是,陈富的车;他开着陈富的车来接我们,那台拥有我们那么多回忆的——陈富的车。

本来我以为我的反应会是崩坏,但是结果我没有;已经没有眼泪哭了,我想原因大概是这个;我平静地上车,坐在从来也没坐过的后座时,我只思考一个问题:当爱情来过,当爱情走后,被留下的我们,还会剩下些什么?

结果,我这么回答自己:一个人重新开始的勇气。

重新开始。

既然要新陈代谢,就干脆抛它个够,我心想。

"我想要搬出去一个人住。"

"咦?为什么?在我们家不是住得好好的吗?是不是我浴室用太久了?还是——"

"你们是姐妹哦?"

"女人讲话你别插嘴啦!"诗茵啧了陈浩一声,然后继续担心着:"可是我妈有答应过阿姨——"

"我只是想要重新开始而已。总之,我是这么决定了,明天我会重新找工作找房子,至于我妈那边,反正她也没怎么再打电话来了,所以我想没问题。"

"那好吧,只是你钱够吗?"

"够啦!我妈去日本的时候有留一笔钱给我。"

虽然只是很少的一点,不过我想应该够撑一阵子。

"也好啦,只是你确定不先去看个医生吗?好了之后再搬出去一个人住,我们也比较放心呀。"

"什么医生呀?"

我瞪他,于是陈浩识相地闭上嘴巴,专心开车。

“不用啦,我知道我已经好了。”

“你确定?”

“同样的话我不喜欢讲两遍。”

“哦,好啦。”

我希望我已经好了,我心想。

第三章

没有人喜欢孤独

只是害怕失望而已

——《挪威的森林》　村上春树

之一

"忧郁症？那是什么东西？"

"其实也不确定啦！是我妈说的而已，可是这也没办法，因为奇奇又不肯去看医生。"

"她是怎么了？"

"吃不下，睡不着，过不好，乱糟糟，奇奇说大概是这么一回事。"

"为什么会这样？"

"But I."

神神秘秘的笑着，诗茵用一种好像说了什么不得了的秘密那般的口吻说"But I。"

"But I?"

"I know I should sleep, but I can't. I know I should eat, but I can't. I know I should be happy, but I just can't. 后来 But I 就变成奇奇和我之间的秘语，呵——"

"好奇怪，听不太懂。"

"一开始只是失眠也没有很 But I 啦！然后越来越严重，就开始白天会醒不过来，好像是一直在做梦的样子，变得没有办法去上班，就只好干脆辞职了。"

"是因为失恋才这样的吗？"

“不是啦!”想了想,诗茵觉得好像要更正:“不完全是啦。”

“哦。”

接下来我才知道,原来诗茵的妈妈和奇奇的妈妈是大学同学,小时候她跟着妈妈去过奇奇家几次,除了感觉到这个姐姐冷冷的酷酷的、不爱理人又总是跟在爸爸身边画画之外,还有那么一点的害怕她;后来再见面是在奇奇她爸爸的告别式之后,在附近的咖啡馆里,当奇奇看到下了课穿着制服直接来找妈妈的诗茵时,两个女生才好像是有了共同的话题那般聊了起来。

“我记得那天下雨。”

“哦。”

“不知道是不是因为这样啦! 不过下雨天的时候她真的会比较严重。”

“怎么说?”

“会一直哭,然后你问她怎么了? 可是她连一句也讲不出来,不是不肯讲哦! 是你看得出来她想讲,但她就是讲不出来。好可怕,我们吓都吓死了,可是她又不肯去看医生。”

她不肯去看医生。我注意到诗茵又强调了一次。

虽然觉得有点不礼貌,可是我忍不住的就是很想问:

“But I是会自杀的那种病吗?”

“我不知道耶,可是奇奇不会去自杀啦。”

“你又知道了咧?”

“反正我就是知道啦!”丢了铜板在桌上,诗茵匆匆忙忙的抓起包包:“晚上记得不可以说我讲了 But I 的事哦,拜。”

顺着诗茵的眼神望去,我看见沙大和阿台大摇大摆走进“我和我追逐的梦”;当诗茵和他们擦肩而过时,沙大还不正经地逗着她:

“学妹! 干嘛每次一看到我就闪呀?”

“没有啦,学长再见。”

一屁股坐在我面前,沙大含着香烟,问:

“浩呆! 你女朋友干嘛那么怕我呀?”

“不要乱讲啦! 我们只是朋友。”

“随便啦! 喂! 两杯百红,冰一点,快一点!”向吧台喊完之后,沙大简直是迫不及待地凑向我耳边:“浩呆,我上次跟你说的事还记得吗?”

“什么事?”

“就那个呀。”

沙大得意洋洋地比了三根手指头。

“什么事呀? 这么神秘。”

沙大不理阿台,大继续又说:

“我们后来试了。”

“哦。”

“超正点的啦！哈！”

“到底什么事啦？沙大！”

“我和浩呆的私事啦！”沙大敲了一下我的头，“我帮你保留了名额，回心转意的话跟我说一声，嗯？”

“不用了，我没兴趣。”

“最好是啦！假正经。”

才想反驳时，沙大的手机响起，简短应对几句之后，沙大挂了电话然后把百香红茶推向我：“帮我喝掉，我要去厕所。”

“咦？”

“学校厕所，Yes！”

说完，沙大吹着口哨离开，而我还是一头雾水。

“四脚兽啦。”

“四脚兽？”

“哎哟！你怎么老是那么嫩呀？浩呆！大佬都快笑死啦！没想到把沙大赶出台球间，反而开发他‘野炮’的乐趣呀！啊哈哈！”

“说到大佬，他上次居然来这里耶。”

“我和我追逐的梦？”

“嗯呀。”

“怎么可能？”

望着阿台，我感觉到我的心好像一分为二：一边是想告诉他，我后来认识了奇奇的事，而且晚上我们还要去她的庆功Party；可是另一边的我，不知怎么的却想要它是个秘密。

我选择了后者。

“干嘛表情那么僵呀？是担心赌输哦？”

“咦？”

“快毕业啰，浩呆！别想赖掉我们打赌你到毕业交不交得到女朋友这事。”

我尴尬地笑笑，当初和阿台打这赌时，本来我是很有把握赢的，因为我心想反正到时候还没遇到喜欢的女生，就干脆跟诗茵告白交往算了，然而……

“浩呆呀！听阿台一句话，越是久没有碰感情，会变得越来越怕碰感情哦。”

“知道啦。”

“还是说？”阿台甩了甩他的长头发，每当他出现这个动作时，我就知道他又要说冷到不行的玩笑话了；“还是说你真的是个同性恋而且爱的还是大佬最近刚好又跟他告白了？”

“很冷哟。”

“啊哈哈，”阿台这次的招牌笑声笑得比较漫不经心，“因为大佬最近怪怪的啦。”

“怪怪的？”

“你都没发现哦？他最近都没再交女朋友了，甚至还开始跟着他老子出去交际应酬，还打高尔夫！你能相信吗？高尔夫！大佬耶！我们以前笑到快死掉的高尔夫耶！”

我其实是有点相信的，因为我想起那天的大佬……

——我今天做了一件可能会让自己后悔一辈子的事情，因为想要忘记，所以你帮我记住。

——因为想忘记，所以要我帮你记住的事？

——嗯。

分手改变的，永远不会只是一个人。

庆功 Party，庆祝奇奇找到新工作并且顺利领到第一份薪水的 Party；这次我们依旧是约在上次那家夜店，只不过这次只有我们三个人，也于是我们选择的位子不再是有最低消费限制的沙发区，却是几乎被忽略的角落。

而做东的人是奇奇。

奇奇。

每次看到奇奇时，我总是得花上好长一段时间才能适应：眼前的这个女孩，和我上次见到的，是同一个女孩，而非只是拥有一张相似脸孔的两个人。因为每次见到奇奇时，总能明显感觉到她身上某个部分已经改变了的，奇奇。

奇奇。

这次的奇奇依旧是 NANA 式的打扮，只不过头发长了些，而脸色红润些，整个人还是瘦，不过已经不再瘦得那么令人惊心，我想那大概是笑容出现在她脸上的关系；这次的奇奇看起来很开心的样子，或许应该说是，她努力试着让自己看起来很开心的样子。

这次的奇奇和上次最大的不同是：我这个人相当大程度的出现在她的视线里。

在兴奋地聊完她的新工作——气派的独立办公室，相当赏识她的年轻老板，还有对一个新的设计师来说，相当不错的薪水——之后，奇奇突然把话题带到始终倾听着的我的身上，以一种学姐的姿态，奇奇好奇地问：

“所以，为什么你要考复兴美工呀？”

“呃……因为我很喜欢看漫画。”

我这么老实地回答，接着我看见奇奇微微地皱了眉头，然后我想起当时大佬也问过我这个问题，而他的反应是挑眉。

“所以，你以后想当个漫画家？”

“嗯。”

然后她挑眉，就像当时的大佬一样；只不过这次的奇奇不是像大佬那样，要我把自己的作品带给他看，却是燃起了一根香烟，然后决定转换话题：

“真可惜呀，到了诗茵这一届，就开始不用在制服上绣名字了。”

“我觉得很好呀。”

“那你呢？你们那一届还要绣名字吗？”

“嗯……要呀。”

“所以你们是最后一届啰？”

“嗯。”

捻熄了香烟，奇奇突然提议：

“或许我们可以穿着制服拍张合影，呵。”

“真可惜，要是早点约的话，我们就可以在陈浩他们毕业展的时候合影了。”

“毕业展？”

“对呀，陈浩他们毕业展超热闹的啦！虽然作品并不怎么样，哈！”

“喂！”

“陈浩，你跟奇奇讲沙大的事啦！”

“沙大？”

“也没什么啦！就是大佬他们来看我的毕业展，结果才没一会就发现沙大和大嫂怎么突然不见了，然后我们就开始赌了。”

“咦？”

接着我约略介绍一下沙大和大嫂这对热衷于性开发的情侣档，然后说起大佬和阿台的对赌：

“大佬赌他们是回工作室，而阿台赌他们跑到厕所演四脚兽。”

“结果谁赢啦?”

“阿台呀,而且还是男厕,啧……”

“你们知道一个叫作哭泣湖的地方吗?”

突然的,奇奇打断了我和诗茵,没头没脑地问。

“哭泣湖?”

“嗯,在屏东的牡丹乡,小时候我爸爸带我去过一次,去写生;最近不知道为什么,突然又想去看看。”

“屏东,好远哦……”

“是呀,本来我和我前男友约好了他毕业时我们要去那里毕业旅行,可是……”

奇奇没再继续说什么,她只是又燃起一根香烟抽起来。

抽遗憾。

“我们一起去吧。”

“啊?”

拍了拍诗茵快要掉下来的下巴,我提议:

“反正我本来就想趁当兵前去远一点的地方旅行。”

“那好,你们看怎么约再告诉我。”

奇奇说。

而至于诗茵,则是反常的沉默。

之二

哭泣湖。美得令人想要哭泣的湖泊，没去过的人不会知道。

小时候爸爸曾经带我去过哭泣湖，行李没带几件，倒是画具带了不少，画具很重，可是我们背得很快乐，那是为了庆祝爸爸成功卖出第一幅画的原因吧，很突兀的选择哭泣湖的原因是，爸爸说牡丹乡是他的家乡，而那是我们父女俩唯一一次的旅行。

那是爸爸唯一一次卖出的画，这辈子。

怀才不遇是爸爸这辈子最伤心的写照，而我的话则是贫穷。

小时候家里很穷，因为爸爸怀才不遇，而油画的材料又贵；贫穷这件事情对于一般穷人家来说应该不成问题，问题就在于我讨厌穷，从还不懂事的时候就讨厌，我不知道这是早熟还是虚荣，我想这点大概是遗传自妈妈。

我讨厌穷，很讨厌很讨厌。

长大后我遇到个白马王子，我知道这个说法很白痴，但确实就是这么一回事没错，我喜欢他宽宽的嘴大大的手，我喜欢他不肯正经的笑脸，我甚至喜欢他的有钱；只是，我讨厌最后这变成我们分手的原因，他是我深深爱过的人，我们怎么可以因为这么无聊的原因分手？

我的嘴不够甜，我的手不够大，我们的距离，却无限。

我的手太小。

他总是能够轻易把我惹哭又把我逗笑，本来我以为这是我自己的问题，我知道我一直就很容易情绪不稳定，我也想要修正，我努力修正，可是我没有办法，越是想要努力，越是没有办法，我们都很累，爱情不应该这么累。

我很爱他而他也爱我，但我们后来还是走不下去，我很难过，我想问题还是出于我自己；本来就极度缺乏安全感的人，实在不该再爱上不安定的男人，我想。

我讨厌我自己，一个自我厌恶的人，如何能有幸福的可能？

没有人会记得爱情是怎么开始的，却记得爱情是怎么结束的。

决定好分手的那天，不知道为什么我突然想起不知道是谁曾经说过的这句话，我觉得这句话彻底的错了，因为我千真万确的记得我们是怎么开始的，还有，怎么结束的。

我记得开始的那天是因为他喊我的名字，还有他大大的手；我记得分手那天，是因为他紧咬着下唇不肯再说话，还有他的背影。

沉默的背影,离开的背影。

很好笑,交往将近两年的时间,那是第一次,我看到他的背影,这时我才发现原来他总是习惯走在我的身后,或许这是他的教养、他的绅士,可是他却不知道这其实更加深我的不安全感,我不喜欢往后看,不喜欢回头,很不喜欢;我情愿他走在我的前面,让我看着他,安心他还在,不用回头,不用确认。

他老说我要得太多,他说我就算拥有了全世界也不会快乐,他其实说对了,只是,不快乐是我的错吗?

“呃……不、不是。”

陈浩结结巴巴地回答,然后我就笑了,坐在哭泣湖畔,很奇怪的我笑了。

“不知道为什么没头没脑的跟你说了这一大堆。”

“没关系啦。”

“不过,原来有些话,说出来感觉会好过很多。”

“对呀。”

“嗯。”

“那个……呃……那个……唔,我问了你不能生气哦。”

“光听到这里我就差不多想生气了。”

“唔……那我不敢问了。”

“快说啦!”

“好啦！那个……当你 But I 的时候，为什么都不打电话给大……你的前男友呀？”

我有点奇怪地望着陈浩，因为这话里有个什么我一直怀疑了很久，是关于名字的那个部分；不过终究我还是选择了忽略，我想我到底还是逃避。

我只是有点装生气地问：

“吼诗茵，他该死了！”

“别这样嘛！他只是……那个……呃那个——”

打断了陈浩的紧张，笑了笑，我说：

“我不习惯让他看见我脆弱的样子，可能这点未免太好强，不过我就是这个样子。并且或许我该找的，是一个能让我放心在他面前脆弱的人吧，我想。”

我想。

把腿伸长在地上，我有点奇怪为什么诗茵买个饮料却去了这么久还没有回来？不过，心底是这么奇怪着，而嘴巴问的却是：

“你喜欢诗茵吗？”

“没有，我们只是普通朋友。”

这是我第一次听到这么流利的话从陈浩的嘴里说出，他回答得很快，快得像是每天都在回答这个问题那样；于是我知趣的不再追问，把视线搁向远方，我随口问道：

“你看过《挪威的森林》这本书吗?”

“是漫画吗?”

“你白痴哦!”

“呃……”

然后我又笑了,玩笑似的敲了一下他的头,然后惊讶他后脑袋的平扁,回忆的画面刹时闪过我的心头,我忍不住脱口而出:

“原来如此,听说扁头的人脾气比较好。”

“啥?”

——原来如此,我妈说后脑勺圆的人脾气通常都不好耶!

“没事。”

没事。

把手边的碎石丢往哭泣湖里,湖面平静的连个涟漪也没激起;像是找话聊那般,我说:

“第一次看《挪威的森林》——是我妈妈买的,好像是在台湾的第一版吧? 忘了,反正很久了。那时候我看不懂,唯一印象深刻的是,这书名让我想起哭泣湖的树林,为什么? 不知道,可能是因为这是我唯一看过的树林吧? 我想。而长大后又看是因为——”

是因为陈富。

因为陈富送我这本书，这本村上春树的《挪威的森林》，版本已经改由赖明珠翻译，可能是因为翻译的关系，也可能只是单纯的因为陈富的关系，那次，我把《挪威的森林》看完了。陈富说他看了书里的直子会直觉联想到我，于是迫不及待地买了两本，一本自己留着，一本要送给我；当时我还很不高兴：我哪有什么忧郁症！我当时是这么说的。

但后来后来 But I……

因为这本书的关系，我想起哭泣湖，陈富提议要一起到哭泣湖旅行，作为他送给我的毕业礼物，可是我很忙，没有时间，一直就没有时间；当时的公司在毕业展看上我的作品，接着一毕业，我就马上去了那里当设计助理，薪水虽然很少，而工作时间又该死的长，拿到第一份薪水、为了买个 LV 包包给自己当礼物，还得吃上一个月不止的白吐司，可是我很快乐，虽然我什么都还没拥有，可是我就是知道未来握在我的手里。

但后来后来 But I……

"直到分手之后，不，直到现在我才发现，原来，我没给过他多少时间。"

"嗯。"

"没有人喜欢孤独，只是害怕失望而已。"

"咦？"

"书里头有过这么一句话，他很喜欢。"像是按了遥控快转般的把话说完，顺着我的视线望去，我们同时看见提着一袋饮料的诗茵远远朝我们走来,脸还臭臭的。

“你是跑到美国去买饮料哦?”

“人家迷路啦!”一屁股坐在我们中间,诗茵脸更臭了,“你真的很不绅士耶,陈浩!居然叫女生在这荒郊野外跑去买饮料!我要跟我妈讲啦!”

“喂!明明就是你自己猜拳猜输的,愿赌就要服输啦!”

我想我得更正,当陈浩和诗茵斗嘴时,讲话也很流畅。

“去~!~我诅咒你娶不到老婆啦!”

“那我也唱衰你嫁不出去。”

“那你们两个刚好凑一对呀。”

陈浩扮了个鬼脸,而至于诗茵,则是羞红了双颊;真是一点也藏不住心思的个性,就像陈浩一样。

后来他们又聊了什么说了什么,其实我并不太清楚;不确定是从什么时候开始,我发现自己很容易就从当下所处的现实抽离:人虽然还在这里听着说着回应着,但思绪,早已经飘走了,不知道哪去了。

面试那天也是。

在会客室里等候面试的时候,为了驱走紧张感,我强迫自己专注望着并排搁在桌面上的双手,我凝望,我想象,想象这双手会把我带往怎么样的未来?我忧心这会不会又是另一双怀才不遇的手?我害怕这个世界上只有我自己知道这双手的价值，我希望——

“你好。”

一回神，门被打开，在抽离还未回到现实的交替里，一张年轻却世故的脸出现在我的眼前，接着他向我伸出手。

大而厚实的手，好像陈富的手，却扎实、稳重，不像陈富的手。

那是一双生活过的手。

“你也习惯这样子看自己的手？”

年轻男人说。而这也是那天他唯一说过的多余的话。

花了十秒钟不到浏览过我的履历之后，年轻男人微微皱眉，然后立刻要我试画几双鞋子的样稿给他，接着两个半小时过去，他眼睛亮了起来，然后说了个令我惊讶的薪水，最后以希望明天就来上班作为这次面试的句点。

“虽然还不是什么像样的公司，地方还不是很大，咖啡有点太酸，老板也不是很帅，不过风景倒是很不错。”比了比落地窗外的台北空景，他自己笑了笑，“总之，欢迎你的加入。”

并且他说：

“我喜欢年轻人，年轻是好事，我讨厌中年人，整天和他们应酬就已经够累了，够了，我才不要回到公司还要看到三十岁以上的中年人。对了，看得出来吗？我才大你三岁。”

看得出来，也看不出来；我不知道该怎么回答，于是我只是礼貌性地微笑。

“还有个问题忘了问你。”折回准备离开的脚步，他又走到我面前，“为什么想要设计鞋子？”

“咦？”

“我的意思是，平面设计、产品设计、服装设计……关于设计的工作有这么多，为什么偏偏情有独钟于鞋子？我看你履历表上前一份工作也是鞋子，虽然不关我的事，不过那薪水太低了，简直羞辱人，听我一句话，绝对不要把青春浪费在对薪水小气的老板身上，我好像说太多了。哈！所以呢，你为什么偏偏挑了鞋子？”

“因为鞋子是女人身上最美的句点。”

“句点？”

“嗯，句点。”

“很好，句点型的性格。”

句点型的性格？我不知道他这句话什么意思。

我当时只以为我得到了一份新工作，而后来我才明白，我是得到了一个人生。

第四章

言语会说谎

文字会造假

但反应不会

之一

结果我还是输了和阿台的赌注,关于十八岁破处男的这个打赌;而输的代价是要当场打手枪然后再把射出来的家伙当成果酱涂在吐司上面大口吃掉,不过最终还是因为太过低级恶心而被推翻,于是在大佬的“照顾”之下,变成我只要买几箱啤酒来请客就可以。

真是谢了!大佬。

开着车,大佬载着四箱啤酒还有我们四个人往三峡这栋闲置别墅喝啤酒看夜景,自从他奶奶跟着姑姑移民到美国之后,这里就变成我们这伙人的秘密基地;当我打开第四罐啤酒的时候,沙大用一种我好像正在喝自己家伙的夸张口吻问道:

“不是吧!浩呆!你已经干到第四罐了哦?把浩呆的面具撕掉!你不是浩呆一杯倒!”

“他最近酒量被练出来了啦。”

“为什么?怎么了?”

大佬好奇地问着阿台,而阿台则是闪亮亮着他的招牌眯眯眼,一副正要打弟弟小报告的八卦嘴脸:

“最近浩呆好像常陪一个女的去夜店喝酒,”啧了一声,阿台又说,“上次好像还一起去屏东什么湖玩,扫兴!都过夜了结果还是没有告别十八破处男魔咒，真是丢光——”

“什么湖？”

打断了阿台的杂念，大佬紧捉着这个话题追问。

“不是啦，是去垦丁啦。”我说谎，我不知道为什么我要说谎，“而且又不是两个人单独去，还有诗茵啦。”

“真是碍事刘海妹，爱哭又爱跟——”

“哪个女的？怎么没听你说过？”

再一次的，大佬打断阿台继续问着，我这才发现原来优雅惯了的大佬也有咄咄逼人的一面。

“神神秘秘宝贝兮兮的咧！把浩呆捉起来吊阳台也不肯说，哈！”

“咦？我说，该不会浩呆弄到个人妻吧？不然干嘛要这样？”

像是发现了什么未开发的新领域那般，沙大整个人都high了起来的问。

“没有啦，不是你们想的那样啦。”

“是喜欢的女生吗？”

我不知道，于是我把问题丢回给大佬：

“怎么样才知道自己是不是喜欢上一个女生？”

“想上她。”

想也不想的，阿台抢着就回答，真是精虫冲脑的色胚。

“光想到她可能会被别的男人上，就气到想死。”

沙大才说完，他们就开始嬉闹了起来：

“屁咧！那你干嘛还搞3P?”

“我以为你只告诉我耶!”

“你不是叫我不可以讲出去?”

“原来大家都知道啰？哈，沙大！哈哈哈!”

摆摆手，沙大说道：

“哎哟！这事证明了我们工作室真的藏不住秘密啦！哈!”

“去!”

“实不相瞒，我最近还蛮想试试被那个是什么感觉的。”

掰着手指头，沙大又兴致勃勃地说。

“你白痴喔！死屁精!”

而大佬敲了沙大的头，笑着闹着乱喷啤酒；我注意到大佬这次的“你白痴喔”说得比较自然，从哭泣湖回去之后，或许奇奇终于还是把自尊问题舍弃，回过头去找大佬，然后告诉大佬，她其实真正希望同行的人，还是他……我忍不住怀疑是不是他和奇奇复合了？我知道这个怀疑很无聊，我不知道我干什么要这么无聊地怀疑，我想那大概是因为奇奇最近很久没有找我们了，而大佬最近又好像开始变回以前的大佬了……

“大佬你咧?”

“我啥?”

“你怎么知道自己是不是喜欢上对方了?”

想了想，大佬说：

“没想过，不过当我喜欢上一个人的时候，我就是会知道。”

“喔。”

“别问了浩呆，你是真的喜欢她啦！”斩钉截铁的，大佬说：“看你的表情就知道。”

“什么表情？”

“喜欢上一个人的表情。”

“……”

在他们鬼喊鬼叫的啤酒喷中，我恍恍惚惚地想起在哭泣湖回来之后的车程里，奇奇提起的彼得潘。

彼得潘。

在那次回台北的车程里，奇奇终于像是想到该怎么做了似的要了我的手机号码；我记得那时候我的心如小鹿乱撞，因为从初见面以来、我们的联络方式总是奇奇透过诗茵，而这就表示了我在她的心中从“诗茵的朋友”升为“她的朋友”。

“彼得潘？”

当我看到奇奇在她的手机里把我的号码输入完成之后，显示出彼得潘这三个字时，很是不解地问。

“因为我不喜欢你的名字呀，所以干脆弄个代号好了。”

“为什么？”

“没为什么，反正就是不喜欢。”

“哦。”

“你知道彼得潘这个童话故事吗？”

“嗯。”

彼得潘。

我知道彼得潘，因为有卡通而且有个漫画就叫作彼得潘症后群，但我想奇奇指的应该不是那个。

彼得潘。

抛弃时间，拒绝长大，永远孩子气的彼得潘。

我真的很彼得潘吗？

“不知道为什么，面对你就是特别能够把话简单地说出来，不想说的、不知道该怎么说的、无论如何都不想被知道的话，在你面前，就是特别容易把话简单地说出来。”

“唔……为、为什么呀？”

“大概是因为你的眼神很干净吧。”

“眼神很干净？”

“怎么说呢、这个……”很困扰的歪着头，最后奇奇决定不是解释而是打个比方：“你曾经一个人去过咖啡馆吗？”

“没有耶。”

为什么要一个人去咖啡馆？咖啡好喝吗？一个人去咖啡馆能做什么呢？对着咖啡说心事吗？

"在咖啡馆里，总是会听到别桌的客人在讲话吧？"

"嗯。"

"有些人说话的声音就是特别会打扰到别人，这不关音量的事情哦！就算是已经尽可能的小小声说话，但很奇怪的是你就是会觉得被打扰到了而很不愉快；但是有些人却很奇异的并不会。"

"虽然还是听不太懂，不过我大概知道是什么意思吧，因为我有个学长也曾经跟我说过类似的话，"凝望着奇奇，我假装若无其事但却试探性地说："他叫作大佬，是我们工作室的老大。"

话才一说完我就立刻后悔了，因为奇奇的表情僵住了，仿佛是连呼吸都一并静止了的那种程度的僵；于是我才确认，其实奇奇早就猜到我口中的大佬就是她心中的陈富，也难怪每当我聊起大佬或者工作室时，她总是不自在的沉默。

明明想倾听却又逼自己拒绝倾听的沉默。

我不知道奇奇是从什么时候开始猜到的？或许是我描述工作室时，或许是我形容起大佬这个人时，或许是第一次见面她看见我开着大佬的车时，更或许，早在我们初次见面之前，她就听诗茵提过了。

也于是她对我才特别的无距离？

——我记得开始的那天是因为他喊我的名字。

——真可惜呀,到了诗茵这一届,就开始不用在制服上绣名字了。

——你叫陈浩?

“唉,大佬,我一直想问你一个问题耶。”

“啥?”

“如果不是因为我和你的名字只差一个字的话,那你当初还会跟我做朋友吗?”

大佬先是一愣,然后不太确定地回答:

“会呀。”

“浩呆你发神经哦?干嘛突然说起这些五四三?”

“哦——浩呆真的是恋爱了啦!看他像个娘儿们一样,啊哈哈!”

“讲到这个,你们还记得我们班那个白毛吗?”

大概是意识到我的不自在,大佬若无其事地把话题带开;我知道大佬说的那个白毛,因为我在学校遇过几次他正在被揍,不过因为他又矮又胖,活像长着白色头发的小叮当真人版,于是所有人都习惯叫他作白毛。

“上次我们开同学会,结果也没人找白毛,他却自己跑来,真是够神的啦!阿台你就没去,超可惜!”

“哇靠!久违的白毛耶!他现在在干嘛?被打断了腿在庙口抱着大碗行乞吗?啊哈哈!”

“还在复兴延毕啦！了不起，把复兴当医学院读了！哈！”

“真的假的?!”

“真的呀！转到夜间部去，而且听说被打得更惨，同学会上还哭着要我们帮他报仇，真是够白毛的啦!”

“笑死我啦！啊哈哈!”

阿台很捧场地抱着肚子大笑，倒是沙大把话题继续带回我的身上：

“倒是浩呆呀，你为什么不用当兵呀?”

“前十字韧带断裂。”

“为什么会断?”

“总不会是因为做爱啦。”

“啧。”

白了一眼沙大之后，大佬继续又问了一次：“为什么?”

“打篮球呀，国中的时候就断掉了，后来没鸟它，后来才知道严重到不用当兵。”

“哎，也好啦，哪像我，衰得抽到金马奖，真的是够背的啦!”

“谁叫你不去考大学继续混四年。”揉了揉阿台的头，大佬也问了我同样的问题：

“倒是浩呆干嘛不去念大学?”

“大学没考上呀。”

“重考不就得了?”

“算了啦，我知道我的脑袋不够聪明啦。”

“那你打算工作？”

“浩呆本来就在我工作室工作呀。”

“不过除此之外，还是想找找看有没有可能到出版社去当个漫画家。”

我说。

然后大佬扬了扬眉毛，把已经到了嘴边的话吞了回去，最后他说的只是：

“哎，干杯啦干杯！”

而现在的我，终于知道大佬的那个挑眉，指的是什么意思。

之二

确定得到工作之后，我在公司附近找了间小小的学生套房作为新生活的起点，因为行李没有几件的关系，于是我婉拒了阿姨说要帮忙搬家的好意，而只招了计程车，花了一趟的车程，就把这件事情搞定。

而所有的行李说穿了其实不过一袋衣服、几双鞋子、些许化妆品，以及，一罐果酱。

果酱。

在超市买来的最便宜的草莓果酱（连果粒都没有的那种），只剩下半瓶不到的分量，或许已经过了食用期限也不无可能，是在我得到第一份工作的时候买来的果酱，我很讨厌它，可是曾经我很需要它来度过每一天的贫穷晚餐：两片白吐司，抹上薄薄的草莓果酱，配上一杯三合一的速溶咖啡，这就是当时我晚餐的全部了。

不知道为什么，两次搬家我总都还是带着它，虽然我打从心底明白，我再也不愿意打开它；我想我大概是想要个提醒，想要把它当作某种程度上的提醒。

提醒。

本来我以为改变生活方式、让生活有个重心，就能把因为空闲而胡思乱想的时间专注于投入工作，这么一来对于我的精神状况就能有所改善，但是很显然并没有，反而更加凸显我在人际关系上的不拿手。

不拿手，且笨拙。

在工作的第一天就掩饰不了。

工作的第一天，当老板（果真他把这公司里视野最好的办公室派给我）带着我这位新设计师认识旧同事时，面对她们友善且热情的问候，我的反应却只做得到"唉，你好"如此而已；望着因为我的回答过份简短、她们尴尬止住的表情，我知道我确实是该多说些什么、多带点笑容、甚至主动多问些什么；我感觉到她们都是好相处的人，也尽可能的想表达出这件事情，然而，当我越是努力想要表达我的友善时，脑子却越是事与愿违的一片空白。

脑子僵硬，表情僵硬，反应僵硬，肢体僵硬，僵硬僵硬僵硬！

尤其是第一天的午餐。

午餐时老板笑嘻嘻的要她们带我一起，她们和善的提议了好多好多的餐馆让我选择，然而我唯一所能做出的回答却是——都好。

为什么不多说些什么呢？从提议里随便挑一家也好呀！我在心底这么懊恼着。

热闹又尴尬的午餐。

我们来到一家日式拉面店里，一行七八人占据了长型的方桌，席间她们热热闹闹地讨论着发型、时尚、八卦、保养……而同行的我却格格不入连句话也说不上，我打从心底想要和她们聊成一团，但我就是不知道该怎么让自己和她们聊成一团；仿佛好像只是个同桌的顾客，每每当她们试图想要把话题带到我这边、引导着我加入讨论时，结果我的反应却仍然僵硬的话不投机半句多，只能尽可能地微笑着点头；我知道自己应该不是这么无聊的人，但不知道为什么在她们面前我的表现就是无聊。

我觉得自己好讨厌。

当她们聊得越是起劲，我就越是窒息得想要逃跑，我不断地在脑海里回想以前和朋友们都是怎么聊天的？我甚至努力回忆当初和陈浩是从哪句话开始认识进而变成朋友的？可是我想呀想的就是什么也想不起来，只觉得呼吸困难、一阵反胃。

然后我就吐了。

在一阵惊呼声中，我们第一次的午餐欢迎会就这么尴尬的结束了。

隔天午餐时，她们基于人情世故，依旧是客客气气的问我要不要一起吃饭？当我表示自己带了便当时，我看见她们的表情像是松了口气。

松了口气，在一个人的办公室里，我也松了口气。

或许我就该接受只能一个人的自在？

闲置了好几个第一天之后，终于在这天的下午，我的主管推开办公室的玻璃门来找我，而看起来很累则是我对她的第一印象。

中年女子，中分黑长发，波希米亚风穿着，脚下踩着和这商业气息浓厚的办公大楼格格不入的民俗风凉鞋，宽松的双眼皮下垂着，而眼神，是毫不在乎别人怎么看她的自在；她懒洋洋地递了张名片给我，我看见名片上的 title 印着的是协理，协理在简短的谈话里告诉我：老板负责业务而她负责公司行政内务，至于在我之前的设计师则是协理和老板他们俩共同担任的，而这也是他们决定聘请新设计师的原因，因为结果证明，他们对这方面完全不行。

我判断不出来他们是什么关系，不过我猜想他们可能是姐弟；令我有点惊讶的是，当我听到老板并不会经常待在公司时，我的感觉是失落。

我觉得这好像不太好的样子。

看起来很累，也不在乎别人知道她累的协理抱了一堆以前的作品供我参考，接着告诉我样品室在哪里之后，就这么一点客套也没有的走掉，当下我不知道该高兴还是该难过的是，我其实希望这里的每个人都像她这么对待我；没有任何的多余，不把我当外人也不把我当自己人，更不在乎我是怎么样的一个人，恰到好处的——距离。

不冷不热也不多余。

当协理很累地关上门离开之后，我在心底这么告诉自己：加油！奇奇！要让他们为花在你身上的每一分钱都感到值得！让你为自己感到骄傲！加油！

加油！

在一个人的办公室里、摆满鞋子的样品室里，我真正感觉到自己重新活了过来。

重新活了过来，真正的那种。

我在心底这么告诉自己，给自己加油打气，但其实我真正感觉到的是恐慌，毫无头绪的恐慌，我没想到当梦寐以求的工作真正来到我手里的时候，我最踏实的感觉，是恐慌。

我想起上一份工作，当我还只是个微不足道的设计助理时，拿那么低的薪水、却有那么长的工作时数，唯一让我感到满足的是在心底想象着哪天当我也成为设计师之后，我会怎么着手？当时支撑着我的最大动力，就是亲手主导设计属于我的鞋子、我的品牌；然而，当这个独当一面的主导权成真来到我手里时，我却开始恐慌了。

我没有办法不阻止我这么质疑自己：你，真的准备好了吗？

用掉一整晚的失眠专注于焦虑，当天初亮的时候，我念头一转，决定这么告诉自己：不管我是不是准备好了，我都要假装自己准备好了。

带着这样的确认，我每天都早早来到办公室，低头画样稿，每每再抬头时，办公室里早已经人去楼空，只剩我一个人了；饭不怎么吃，觉不怎么睡，连手机也懒得理会，以这样的情形来度过我人生中第一个主导的开发季。

以前只觉得累人，现在却觉得过瘾的开发季。

在开发季的末了，我完成了该交出的鞋样数量，然后请协理过目，当她迅速翻阅设计稿之后，疲累的眼睛闪过一丝怀疑，望着她的嘴唇，我原以为在那眼神之后，她会把鞋稿丢在桌上要我重新设计，甚至吐出大量羞辱我的话语来；可是她没有，连续抽了两根沉默的香烟之后，她把设计稿搁回桌面，然后只问了我这么个问题：

“是以公司原来的方向进行设计的吗？”

“唉，我认为这样比较保险，但如果你觉得要修正的话，我这方面还可以再改……”

接着她又燃起一根香烟，本来我以为她会说：

"那我干嘛花钱请新的设计师?"

但是她没有,她只沉默地把手中的香烟抽着,然后说:

"先这么试吧,辛苦了。"

把香烟捻熄,然后她离开。

接着在当天,我拨出整个开发季以来的第一通电话——

"晚上一起吃个饭好吗?"

我觉得我需要暂时的抽离,抽离这假装的我。

和诗茵约定的时间是晚上七点,而她却到了八点左右才匆匆赶到,把椅子拉开连屁股都还没坐定,诗茵就急急忙忙地道歉:

"抱歉抱歉,我们在赶毕业展,所以——"

"那你干嘛还要跟我约!"

打断了诗茵的抱歉,我这么低吼了过去;我不知道她干什么要抱歉,因为其实她在电话里就先说过会晚点到,我知道自己只是借题发挥迁怒于她,我知道这样子是不对的,我知道我知道我都知道但我就是控制不了自己的情绪,我——

"这样子浪费我的时间很好玩吗!"

诗茵没有回答只是担心地看着我,然后问:

"你怎么了,奇奇? 是不是工作不顺利?"

对!

还有……对不起，我的失控，对不起。

“我要走了。”

然而，我却只是丢下这句话就草率地走掉。

我真讨厌我自己，我对自己感到好失望。

失望。

隐隐不安的失望随着开发季的结束、订单量的惨败而引爆，一起引爆的，是我长久以来累积的压力，或者说是对现实的恐慌。

一个人独自面对未知生活的恐慌。

一直以来我以为这经常性的心悸单纯是由于缺乏运动以及偶尔的烟酒过量所导致，然而这天，当这季的订单量确定是惨透了、大亏损的这天，我在办公室里连一步也不敢踏出去，不喝水不如厕也不言语，我瞪着僵在眼前的门，满脑子想的就是为什么协理不推开它走进来？尽管我心里明白她是极少会推开门走进来的，但这天我就是无法控制自己想象她此时此刻是不是正在办公室外对着我的鞋子我的履历我的这个人摇头叹息感到深深的失望？

如果她推开门走进来把我凶一顿骂一顿羞辱一顿甚至表示我显然并不适用的话，我想我可能反倒会好过一点，但问题是她没有，那扇门一直就僵在那里，直到下班之后我推开它走出去，从办公室到门口这五十公尺的距离，是我这辈子走过最远的距离。

离开之后我回到五坪大的学生套房，连晚餐也没力气吃，就这么躺在没有温度的单人床上胡思乱想，我的人是下班了可脑子却没有，我满脑子想这想那，直到经常性的心悸又犯，而且还加剧；我感觉到这次的心悸似乎特别难以对付，我什么忙也帮不上自己，只能够揉着胸口祈祷这一切赶快过去；然而这一切并没有过去，我心脏痛得几乎想把它掏出来丢掉算了，我怀疑自己会不会有心脏病？可是我还这么年轻哪！我不懂为什么我的呼吸越来越困难？会不会我就这么暴毙？但人死前难道不该是会快转看见自己的一生吗？难道这辈子最爱的人不该再一次出现在我眼前吗？为什么我毫无力气连什么也没看见？那传说中的光呢，通往天堂的光呢？

我可不可以不要这么丢脸的死掉？

在混乱、无助、痛苦的空气里，我的手机响起，而打来的人是陈浩，用尽了最后的力气我接起电话，传进我耳膜的是他那愉快的孩子气声音：

“嘿！咦？你该不会也刚骑脚踏车环岛玩吧？不然为什么听起来比我还喘呀？”

救我……

“哈！我刚完成机车环岛的计划回到台北啦！”

救我……

“听诗茵说你新工作很忙耶！我有没有打扰到你呀？”

救我……

“奇奇？喂？奇奇你在吗？”

“救我。”

终于，我发出声音，求救。

当天晚上陈浩慌慌张张地赶到我的住处带我去挂急诊，在做了所有的检查之后，医生只给了我六个字：

“典型的恐慌症。”

医生说，然后开了药给我，我不知道那药袋里装的是什么药，我只知道我不喜欢那六个字。

典型的恐慌症。

接着陈浩载我回到住处，一路上我们什么话也没有说。

隔天我请了病假一个人去北投泡温泉，那是在公司里我唯一一次请过的假，至于那袋讨厌的药则依旧是被我丢进马桶冲掉，因为我讨厌吃药，我不想对药物产生依赖，我不想要任何形式的依赖，因为我总是固执的认为如果我吃了，就代表我输了。

就像爸爸那样，把安眠药全吃进肚子里，而且还上吊。

我承认我不承认输。

第五章

跳舞吧！就像没有人在看一样。

去爱吧！就像不曾受过伤一样。

生活吧！就像是最后一天一样。

——爱尔兰俗谚。

Dance like no one is watching.

Love like you've never been hurt.

Live like every day as if it were your last.

之一

恐慌症。

我还是不知道那是什么？为何会这样？不过我已知道它有点吓人，而且奇奇很不喜欢它。

典型的恐慌症。

当急诊室的医生用麻木的口吻说出这六个字时，奇奇当下的眼神好像已经死掉了一样，我甚至还怀疑她好像宁愿自己得的是心脏病而不是这个；我不知道奇奇为什么那么讨厌它，但我想那大概和 But I 有关。

But I。

“我知道我今天的样子很不好，但不要同情我，也不要把这个不好的我记住，好吗？我知道我会变好的，我会的……会……”

这是那天夜里，奇奇唯一说的一句话，然后她哭了起来，弯着腰把脸埋进膝盖里的那种悲伤哭泣；而我的感觉是有点难过的，不是难过奇奇口中的样子不好，而是难过在那么不好的状态之下，奇奇的选择还是逞强。

不过我总是很高兴自己打了那通电话，及时的电话，在最对的时间点上。

其实早在我骑车上合欢山而且还因为天雨路滑摔了车时就想打了，不，还有当我骑到屏东、特地绕到哭泣湖看它时，以及独自上阿里山等待日出……每分每秒我都想要打电话给奇奇，都想和她分享我眼前看到的每个画面，都想听到她的声音，就算她只是冷淡回应一句"我在忙"，这样也好，也满足。

可是我终究还是不敢，我想我到底还是怕她，很怕很怕她。

机车旅行。

不知道为什么，就算是大佬他们劝我别傻了，就算是陈妈以不煮晚餐为威胁、怄气阻止这次机车环岛旅行，但我就是执意想要这么做，执意想要完成它；在我告别学生生活、进入现实社会工作的这段空白期，总觉得好像不这么做的话，我就没有办法顺利面对这未知的未来。

虽然每个人都说没问题，对于我这茫茫然的未来，我不知道自己和成人社会处不处得来，不知道，而且有点害怕。

"浩呆没问题的啦！不管是哪家公司、什么工作，肯定都是老板疼、同事爱的最佳人缘奖得主啦！"

这是大佬的保证。

而至于沙大则是扔下这么一句："对啦对啦，浩呆人缘好到连管理员伯伯都爱的啦。"

接着他老大就继续把话题带到关于他成功执行了被男

人那个到底是什么感觉的性体验。

不理他，大佬又继续拍拍我的肩膀试图为我加油打气。

只是，大佬越是这么说，我就越是感到不安，因为我发现他完全没有提到我的美术才能，而其实我最不安的是，就算他刻意不提，我自己也明白。

我不像他们那么有才华，看过我漫画的人都知道，就算他们没说，我也明白他们知道，可是我真的很喜欢画漫画，我告诉自己只要肯努力，应该就会成功的。

有志者，事竟成，不是吗？

结果证明并不是，当我完成机车环岛旅行回到台北家里时，等待我的是既放心又还在怄气的陈妈，还有……还有一份又一份的退稿，看着上头一句又一句的客套话，我的心却往下沉到谷底。

我只是很想要有套漫画，我自己画的漫画，就算它不被欢迎只是沉默地摆在漫画店的角落沾灰尘也好，但为什么却这么难？

我的梦想真的有那么可笑吗？

就是在那个既沮丧又失望的夜里，我终于鼓起勇气打了电话给奇奇，然后亲眼看到她的痛苦，她讨厌透了的恐慌症。

不知道为什么的是，当我陪着奇奇静静待到天亮时，望着她小小的套房里透进来的细细阳光，我突然懂了什么；确定奇奇已经没事，并且很明显的不希望有人陪时，我骑车回家，连线上网，然后开始投履历，我知道大佬是希望我继续在工作室里替他跑业务的，但我同样也知道，我并不想再继续依赖大佬了。

我觉得身体里有个什么改变了。

接着在连续几天的面试之后，我得到了个小小的工作，很简单很入门的DM排版，连我都会的那种，而薪水也没话说的少，毕竟它不需要什么才能而我又完全没有工作经验，不过我觉得那不是什么问题，因为这工作既轻松又愉快，而且还能准时下班，这么一来我就可以继续画我的漫画，而且重点是，这里离奇奇住的地方很近，我心想或许我们会比较容易不期而遇。

在工作确定了的这个下午，我闲闲没事的骑车回学校找诗茵，虽然她被毕业展整得很惨，不过诗茵还是很够义气的陪我到"我和我追逐的梦"去喝杯冰透了的百香红茶兼疯狂大聊天；当她听完我的第一份工作时，她的第一个反应是：

"咦？那离奇奇的公司很近嘛。"

"是哦。"

我轻描淡写回应着，然而实际上我怀疑我的心脏已经笑到裂开了。

“那所以,这杯百红就让你请客吧,哈。”

“那有什么问题,来个庆功宴都可以。”

“就我们两个吗?”

诗茵拨着她的厚刘海,眼底写满了期待。

每当这个时候,我总是会知道怎么把这个话题转开,于是我又故作调侃地反问:

“你真的很想跟我约会,对不对?”

“屁啦。”

哈。

“看要不要约奇奇嘛,上次她庆功宴,还没回请她咧。”

然后诗茵尴尬了起来。

“怎么啦?你们吵架啦?”

“也不算啦,只是上次我们约吃晚餐,然后我因为赶毕业展迟到很久,她很生气,我也不敢再打电话给她,所以也不知道她气消了没有……”

“那没问题呀,我打给她就好啦。”

“说真的,你其实喜欢奇奇,对不对?”

对。

“屁啦!你在乱讲什么。”

“你发誓?”

“我干嘛要发誓呀?你吃醋哦?”

“屁咧。”

又成功。

庆功 Party，我们三个人，同样是在上次的夜店，我突发奇想的提议不如我们三个人穿着制服红外套去，而令我自己也意外的是，奇奇居然没反对并且认为这真是个好玩的主意，甚至在电话里笑着说她要记得带相机。

庆功 Party，穿着红外套的庆功 Party。

相较于诗茵的忐忑不安，奇奇倒是对于她们上次的吵架好像已经忘得一干二净。

虽然距离上次夜里见到奇奇才不过一个星期左右的时间，但这次的奇奇感觉和上次的奇奇、甚至是以前的奇奇，又有着相当大的差异。

她整个人看起来气色极好，她甚至嘴角漾着微笑，以往那充满着防备与距离感的眼线已经不见，相反的，她素净着脸庞，而且就是连手指上的黑色指甲油也清除得干干净净。

看得出来她活得非常开心，打从心底开心，就像是三年前我第一次在工作室里无意撞见的那个奇奇。

我很想问她是不是恋爱了？可是我不敢，我怕她会收起笑脸白我一眼，我更怕的是当我这么问了，而她愉快点头承认时，我的表情会连自己都控制不住。

控制不住的失落。

而这个开心的奇奇,连大条的诗茵也发现,在察觉到奇奇已经忘记她们上次的吵架之后,诗茵小心翼翼地八卦道:

“唉,你是不是恋爱啦?我看你连抱怨工作的表情都是笑耶。”

谢啦!诗茵。

“你白痴哦!”

结果奇奇这么回答,而笑容甚至漾进了她的眼底。

“所以到底是不是恋爱啦?”

“没啦!”

谢啦!上帝。

“真的假的?是还没、还是没有呀?”

“没有啦!”

“还是说,有个很棒的人正在追你?”

结果奇奇白了诗茵一眼,于是诗茵识相地放弃了。

“陈浩,你今天干嘛一直耍闷呀?”

“没啦,只是一想到真的要工作了,就觉得有点惊奇。”

“你找到什么工作?”

奇奇好奇地问,于是我简单的又重复了这工作这内容这薪水还有我的漫画梦想,才想着刚好借这机会提议以后我们或许可以一起午餐时,话就这么停在了舌尖,因为我看见奇奇扬着眉毛的表情,和大佬一样的表情。

“你是当真想当漫画家?”

“嗯。”

扬着眉毛的表情,大佬的表情。

“会不会其实你和大佬复合了?”

我以为我这么问了,但是我没有,我也不知道为什么我就是认为他们会复合;而终究我还是选择了沉默,沉默地把玻璃杯里的啤酒一饮而尽,然后听着她们愉快而又热烈的聊天。

“你耍闷就算了,干嘛连酒都不喝啦?是不是怕到时候钱不够付?”

突然的,诗茵又把话题转向我,真的很奇怪,她干嘛一直注意我呀?

“没有啦,我怕等一下酒喝太多开车危险,到时候有个什么小擦撞,我爸恐怕会把我捉起来吊阳台。”

“你白痴哦,哈!”

真的是很奇怪,同样的一句你白痴哦,为什么诗茵说来就没有奇奇的那种说服力?

在离开结账时,奇奇示意要由她来买单,虽然她说的是:“等你领到薪水再让你请吧。”但我明白她的意思其实是:“你那点小薪水就算了吧。”

因为在她们的聊天里,我才知道原来奇奇的薪水已经是我的两倍不止。

走出夜店之后，我依照距离的顺序先送诗茵回家再送奇奇，在只剩下我们两个人的单独车程中，奇奇终于开口提起上次的事情：

"上次的事，很不好意思。"

"上次什么事？"

我故意装傻，然后奇奇很满意地笑了；好像判若两人了，笑着的奇奇，和不笑的奇奇。

"不过，我真的是说到做到吧？"

"咦？"

"我会变好呀。"

"所以你有乖乖吃药吧？"

"没，相反的，那天你走了之后，我立刻把那些药全冲进马桶里。"

"啊？"

"我讨厌吃药，非常讨厌。"并且她说："我不相信药，我相信意志力。"

之二

仿佛是坐了场云霄飞车似的，这一个月以来的心情。

那天，当我销假回去上班的那天，一大早老板就推开我办公室的玻璃门，当时只觉得心头一凉，我知道他没事不会在公司，更何况是这么一大早，我更知道这是他第一次推开这扇门，打从我进公司以来；我猜到他大概是要来替协理传达些什么她自己不方便开口，而我不会想要听到的消息。

“早餐吃了吗？”

这是他开口的第一句话。

“唉。”

我点头。如果黑咖啡也算是早餐的话，我心想。

“那还是陪赖总去吃早餐吧。”

“咦？”

“公司楼下转角的星巴克，别担心，那里可以抽烟，这就是老顾客的特权，呵呵。”

在赖总爽朗的笑声里，我暂时忘记了先前的忐忑，就这么傻愣愣的跟在他身后走。

公司楼下转角的星巴克，两杯热咖啡，以及分量过多的餐点。

“老是一个不小心就点太多食物，我知道我得要注意腰围，但没办法，我光是看到那些中文就想吃掉它们，哈哈！帮我一起吃吧！为了我的腰围，也为了你害我早起，你知道。”

我知道，而且我有种被识破的难为情。

“你知道我没吃早餐？”

“我知道你‘一向’不吃早餐，所谓的办公室你知道，就算你把自己关了起来，别人的嘴巴还是会张开的。”

我苦笑。

“而且我还知道你昨天第一次请假，以及你前天把自己关在办公室里一整天，说到这儿你的膀胱没事吧？”

我忍不住笑了：

“她们没告诉你我其实有包尿布？”

“哈！很好，不但有捉到我的笑点，而且还懂得怎么回应了，有进步，很好！”用眼神盯着我开始吃可颂之后，他才继续说：“我就知道你是个有幽默感的人，我虽然有腰围困扰，但人，我从来没看走眼过。”

“呵呵。”

“所以，你没事了吧？”

“嗯？”

“这次的开发季，你真他妈的让我们赔惨了。”

“如果赖总要请我辞职，我不会说第二句话的，因为我真的很对不起。”

"在没帮我赚回来之前,我是不会让你轻松走人的。"

"咦?"

那温柔的眼睛笔直地凝望着我,像是在哄小朋友那样的口气,他温柔说道:

"没关系,你太自责了,没有谁是第一次就成功的。"

"你们也不是吗?"

"非常不是,而且至今还没成功过。"他爽朗地笑着,耸耸肩,又说:"但那又怎样?不然我们高薪请你来干嘛?"

"呵。"

"很好,这次是真的笑,不是客套地笑了。"

"什么嘛。"

"在我面前不用假装,没关系。"

"嗯。"

"不过说真的,你不笑的样子冷冷的很有魅力,为了美化办公室,我看你还是继续帮我们赔钱好了。"

"喂!"

"哈!"

爽朗的笑声,他的笑声,既男人又男孩,他。

"不过我们历年来赔的也没你这次惨,也是了不起,第一次就破公司纪录。"

"……"

“哈！我又成功把你搞冷了。”

“啧。”

“好了好了，不开玩笑了，多吃点，因为今天的工作会很辛苦又刺激。”拿出一个超级迷你的掌心相机，他继续又说：“还好你今天穿平底鞋，因为待会我们要去逛整天的街以及疯狂的偷拍。”

“我们？”

“我们。”

逛街以及偷拍。

在计程车上我们快快整理好所有百货公司的路线，接着出发，一开始由赖总亲自出马而我在他身边陪伴以及观察，于是我才见识到他深藏不露的演戏天分，表面上他如同体贴男友那般，拿起一双又一双的新鞋问我意见，让我试穿，我感觉到专柜小姐以及所有人投以羡慕的目光，就是在这样宠爱的行为底下，他不着痕迹的用掌心里的迷你相机拍下所有的鞋款。

不着痕迹。

我发现我们有种犯罪的快感，我感觉好像回到了当初那个渴望变成设计师的小女生，我以为梦想就在我的手中，我明白力量重新回到我的手上。

“可以换我了吗？”

走出女鞋楼层之后，我主动问。

“准备好了？”

“嗯。”

“比我预期的还快。”

于是他笑着把小小的数码相机交到我的手上，就在接过相机的那一刹那，我们的指尖相触，我感觉到他指尖的温度，我意识到我的手已经很久没有被碰触、被温暖，孤零零的手指。

在那短短一秒钟的触碰里，我听见了无言的交流，我听见爱情的声音。

当手抽回时，我要自己别想太多。

再出发。

走进下一家百货公司，我们扮演起情人来已相当有默契，拍照，也不晓得过了多久，当我发现自己好像太过投入时，他怀里抱着一只精美的鞋盒来到我的面前。

“你什么时候……？”

“真是太感伤了，我都离开这么久了，你居然没发现？”

我尴尬地笑了笑。

“很好，工作狂，我欣赏。”

“……”

“走吧,收工了,我的腿走到快断了。”

“可是我还 OK 耶。”

“……”

“好吧好吧,老板最大。”

挑了家最近的吃茶店,才一走进店门口,他好像很不自在似的说:

“这地方会不会太……我知道附近有家法国餐厅,还是我们搭计程车过去?不塞车的话很快的。”

“没关系啦,我以前常来这种地方,很自在。”

“我和我追逐的梦”,和陈富;本来我以为心情会是苦涩,然而连我自己也惊讶的是,我竟对着他说出了这些,这些长久以来说也说不出的往事,陈富,还有“我和我追逐的梦”,以及那些曾经,曾经的点点滴滴。

“突然说这些,你会不会听得很无聊?”

“不,因为我很喜欢听八卦。”

“去!”

“哈哈,不过我很羡慕哪。”

“嗯?”

“因为我没有过那样子的青春,所以刚刚听你用那样子的口气说起那些,突然觉得有点羡慕。”

“有钱人就算年轻时也不来这种地方约会吗?”

"不,相反的,在那个时候我很穷,没时间约会,因为要忙着赚钱。"

"白手起家?"

"完全正确。"

"干杯。"

"嗯?"

"为了这个,干杯。"

"白手起家?"

"不,为了成功。"

"呵呵,我喜欢。"

干杯。

"这双鞋,送你,当作是今天的加班费。"

打开他递过来的精美鞋盒,一双华丽的玻璃细高跟鞋呈现在我面前。

"穿上它,没有女人不性感。"

"咦?"

"这是它在美国广告海报上的 Slogan,不晓得是这句 Slogan 或是那 Model 太性感,总之这双鞋在美国卖翻了,差不多是卖到翻过来又翻过去的那个程度。"

我于是立刻试穿,尺寸刚好但非常咬脚,站起来我试走了几步,我不知道自己看起来性不性感,但我知道它不是一双容易驯服的鞋。

“不怎么好穿吧?”

“嗯,跟太细太高,楦头也很不亲切。”

“但女人还是疯了似的买它,为什么?”

“太美了,就算穿不下,也想拥有它,摆在鞋柜里光是看也满足,就像是个秘密情人一样。”

“很好,把这心情记下来,然后我要第二双是由我们公司卖出去,而且是我们的代表作。”

并且他说:

“越美的东西,往往越是事与愿违。”

越美的东西,往往越是事与愿违……

走出吃茶店,外头的天色已晚,而他突然被什么吸引住目光,顺着他的视线望去,我看见电视上的娱乐新闻重播着今天的头条:蔡依林因为合约官司演艺生涯跌入谷底。

“可惜哪。”

“你也喜欢少男杀手?”

“谈不上喜欢,我只是看好她。”

“为什么?”

“觉得她的成就不会只是这样。”

“但这种偶像歌手不就只是这样?”

“虽然她现在只是个偶像歌手，但她不会只是个偶像歌手。”

“哦。”

“要赌吗？”

“好呀。”看着娱乐新闻上的报导，我觉得我是压倒性的会赢，“反正我稳赢的，赌什么？”

“一个吻。”

我抬头望着他，而他的眼底迅速地换上伪装：

“哈哈，我开玩笑的啦。”

揉着我的短发，他笑着说，笑得不太自然；而我只是在想：只能是玩笑吗？

而我只是在想，却没有勇气说出口；我不想会错意表错情，我不允许自作多情。

我害怕自作多情。

“忘记是在什么场合哪个时候，只记得那天我心情差透了，对自己失望得要命，然后我看到她在电视上唱着那电影的主题曲《Because You Loved Me》，突然很感动，好像力量透过歌声重新又回到我的手里了。”

最后，他又说。

我始终不知道他是在什么场合听见这首歌？是什么心情？为什么差透？我只是想起当时和陈富分手之后，我同样听着她唱《The rose》。

我后来才知道，当蔡依林人生跌入谷底时，我的人生，开始起步。

我后来才知道，和他在一起的这天，是我人生中最重要的一天。

Because you loved me——

"You gave me wings and made me fly.

You touched my hand I could touch the sky.

I lost my faith, you gave it back to me.

You said no star was out of reach.

You stood by me and I stood tall.

I had your love I had it all.

I'm grateful for each day you gave me.

Maybe I don't know that much.

But I know this much is true.

I was blessed because I was loved by you."

第六章

有些男人就像猫，

总是把你捉伤了，

却又一脸无辜地看着你。

之一

人生中最后的一天，往后回想我会这么定义这天，就某种程度上而言，当时的我、置身其中的我，却浑然没有察觉，甚至是以某种自私、漠视的心态将它带过，带过这就某种程度而言、我人生的最后一天。

这天。

仿佛是什么人什么事全挤成了一团的这天，我照例是一到午餐时间就急慌慌的想要离开外出，而当时我的工作已经进入状态——毕竟是再简单不过的排版嘛（套句沙大的话）——而当时的同事们也已经都熟到可以互相开玩笑——反正浩呆到哪去都受欢迎（套句大佬的话）——

“又要赶着去跟女朋友午餐约会啦？”

同事们好八卦地问，而我的回应是傻笑着默认，因为我发现我真的很喜欢这样的误解，尽管，奇奇并不是我的女朋友。

尽管，她从来就没有爱过我。

和奇奇的午餐约会。

第一次开口邀约是最困难的部分，因为奇奇总给人一种她随时准备好要拒绝别人的姿态，而事实上我的感觉没错，因

为当我一开口,奇奇几乎是连想也没想的就直接拒绝掉:

“午餐? 我没胃口。”

“那陪我吃可以吗?”

“可是我懒得外出。”

“那,我买去给你吃?”

“你这是在追我吗?”

本来我以为奇奇会这么问的,但是结果她没有,她反而是问:

“你不是和诗茵在交往吗?”

“没有。”

没有。

仿佛是把这辈子的勇气配额全给用上了那般,最终奇奇还是答应了和我一起午餐,从那天开始的每一天;而地点总是在她公司楼下转角的星巴克。

是不是因为离她公司最近的关系呢?

奇奇总是只喝一杯黑咖啡,大杯的黑咖啡,我发现她对吃好像没有什么兴趣,然而仔细回想,我好像从来也没看过奇奇有过进食的动作。

“我知道我太瘦了该多吃点,但我就是没胃口。”奇奇解释。

当我提议请陈妈(也就是我妈)给她带便当时,奇奇的反应还是拒绝。

习惯拒绝的奇奇,把自己关得太紧的奇奇,不知道为什么,我就是爱这样子的她。

不过,也有例外的时候。

例如说这天。

“你挺适合做业务的,你有亲和力,也给人信赖感。”

这天,奇奇心情好像很好似的,当她听完我的工作时,她难得不是只抽烟,却是开口给了我这么个意见。

“我们老板就是做业务起家的,他本来也是学设计,但后来证明他确实是适合业务,呵呵。”

奇奇笑,笑得很甜,但我却看得很酸。

我们老板,我不知道这个人是谁?长得什么模样?为人好不好?但我没有办法不发现他越来越经常出现在奇奇的话中,我发现好像只有在谈论工作还有他时,奇奇才会比较快乐些。

我要我自己别想太多。

“下班后可不可以请你帮我一个忙?”

“好呀。”

“问也没问什么忙就直接答应?”

因为我从来不会拒绝你,而你可不可以知道这一点?

“我不是很喜欢麻烦别人的个性,所以如果不方便的话也没关系。”

别人?我依旧只能是你的别人吗?

“什么忙呢?”

“帮我把床搬走,我试了好久,可是一个人真的搬不动。”

低垂下长睫毛,仿佛正在说什么讨厌的事情那样,奇奇这说话时的表情。

其实你知道吗奇奇?需要别人并不丢脸,不丢脸。

“我在想可能是床不好的关系,它害我失眠,很失眠。”想了想,奇奇还是决定说:“其实从那次之后我就不敢再睡它了,我怕又发作,那会很讨厌。”

恐慌症,奇奇连说也不愿意说的三个字。

“你有听医生的话吃药吗?”

“没有,用不着吃药,是那张床的问题,把它搬走就没事了。”

还想再说些什么的时候,我的手机响起,而打来的人是大佬,大佬的声音听起来很陌生的感觉,大佬用一种很陌生的口吻,问:

“在和女朋友午餐约会哦?浩呆。”

“没啦。”

“那干嘛压低了声音说话?”

“……”

“什么时候也介绍你马子给大佬认识认识嘛。”

“我现在不方便说话。”

“但我有非常非常重要的事找你谈耶。”

“你喝酒啰?”

“对,喝了一整夜。”他叹了口气,然后苦笑,“别管这个了,你下班后来找我?”

“我下班后有事了耶。”

“那好,你忙完来工作室找我,是哥儿们就来找我,我等你。”

然后大佬就挂了电话,然后我有种不对劲的感觉。

“你有事的话改天也没关系。”

“不,不是什么重要的事。”

我快快地回答,然后我看见奇奇嘴角的欲言又止,而终究她还是把原本说到了嘴边的话收回,只燃起一根香烟,让飘起的烟雾恰到好处的模糊我对她的视线。

“我前男友昨天突然跑来找我。”

突然的奇奇又说,而她的眼神不是看着我,却是迷离的搁向我身后。

"你们还有联络?"

"没,所以我也觉得奇怪。"

"然后呢? 大……你们说了什么?"

"时间到了。"

"咦?"

"午餐时间结束了,我得回办公室了,下班见,不会耽误你太久时间。"

奇奇快快地说,然后起身离开。

转头望着奇奇离开的背影,我只觉得心脏几乎就要跳出喉咙了,因为此时我才发现原来一直就坐在我身边那桌的沙大。

原来奇奇刚刚是发现他了?

"大嫂变了很多呀,不过还是一样正。"

换过来我这桌,沙大不怀好意地笑着说。

"你怎么会在这里?"

"这要怪你呀,最近都不来工作室找我们玩,见色忘友的狗东西! 害我们无聊的就开始玩起了跟踪游戏。"

往下沉,我的心直往下沉。

"不过个性还是完全没变喏,早就发现我在对面了,还能面不改色的装陌生,哎……真白费了当年我还帮大佬追过她哩。"

"大佬知道吗?"

"要不他干嘛刚刚打给你?"

往下沉,我的心直往下沉。

"安啦浩呆!"把手搁在我肩上,沙大挤眉弄眼的不正经,"沙大我和大佬不一样啦,这方面的事比他看得开。"

"不要再叫我浩呆了可以吗?"

推开沙大的手,我说。

"哟?不想当我们的浩呆啦!啧啧啧,爱情力量大,浩呆要长大,哈!"

"不是你想的那样。"

"哎,随便啦,倒是——"沙大挑衅着问:"倒是这个大嫂你爱,我家女人你就不碰?这未免也太不识货了吧?你大嫂她——"

忍无可忍的,我一拳挥向沙大,在他措手不及的眼神里,我看见我们的友情,死掉。

死掉的还有我和大佬的友谊。

当我赶到工作室时,大佬人就坐在那尘封了好久的日式卧房里,而他手边搁着的,是啤酒。

"你怎么又喝回啤酒了?"

"因为突然很怀念以前的那个自己。"大佬说,转头他看到站在日式卧房外不知道该不该、能不能进去的我,大佬笑着说:“嘿！进来呀,现在没关系了,这个地方没关系了。”

“和我想的不太一样,这地方。”

“嗯?”

“以前我远远看过一次,那时候你们忘了锁——”

“那时候我和奇奇还交往。”

“……”

抬头,看着我,大佬突兀地说:

“我们都认识几年了,可是最近我常常会看着你,然后很奇怪的感觉到,其实我压根不认识你这个人。”

“突然的,说什么呀。”

“什么时候的事?”

“嗯?”

“奇奇,你和奇奇,什么时候的事?”

“我们……不是你想的那个样子,她只当我是朋友。”

“我想也是。”

我想也是。

大佬平平淡淡地说:我想也是。然而我觉得搞不懂的是,为什么这平平淡淡的四个字,却让我有种受伤的感觉?

“你怎么知道的?”

“偷看你手机的,女朋友,你给她这代号?”

我的理智在烧，我的愤怒在烧，我的……私密的、微不足道的期望，在烧。

我替自己感到可笑，我情愿大佬狠狠嘲笑我一顿，可是他没有，他自顾着说：

“本来只是想知道浩呆的女朋友是个怎么样的女生，所以那天我们就把号码偷记下来然后打过去，当我听到她的声音的时候，我整个人傻住了，只是一声‘喂’——你懂我意思吗？只是一声喂，都足够让我整个人傻掉。”

“……”

“你知道我每年生日的时候都会打手机给她，可是每年每年得到的回应都是空号，你懂我意思吗？这么简单的一声喂，但我每年都落空，我找她不到凭什么你？你甚至——”

“配她不上，我知道。”

嘴边扬起一抹笑，同意的笑，大佬几乎是不带任何感情地问：

“这世界上有那么多女生，一大把的女生，为什么你偏偏要动我的奇奇？”

“她已经不是你的奇奇了，大佬！”

“我把你当兄弟！亲弟弟！结果你背着我偷把我女人？”

“她已经不是你的奇奇了，大佬！”

“你给我闭嘴！只要我还爱她，她就还是我的奇奇！”

“她已经不是你的奇奇了！大佬！”

"你他妈的给我闭嘴!"

把啤酒罐连同拳头砸向我,大佬的拳头结结实实地落在我的身上,狠狠的那种;而我没有回手,因为我不会对大佬动手,因为我也当他是哥哥,而且我没想到原来大佬也有眼泪,也会哭。

不确定从什么时候开始,大佬的拳脚开始变得虚弱,大佬虚弱地抱着我,哭泣;像个大孩子似的,哭泣。

"她不爱我了,奇奇……她不爱我了……"

"……"

"我从来就不想要和奇奇分手,我只是想要她在乎,可是……她不爱我了,她曾经还爱我的,还需要我的,在她来找我的那次,我很气,真的只是气,随便找了个女生来气她,可是我没想到她这么倔,就换了号码,就让我找她不到……"

"大佬……"

"帮我个忙,可以吗?"

"嗯?"

"不要再见她,我们当这事没发生过,继续当我们的好哥儿们。"

"为什么?"

"因为我不想要每次看到你,就想起她,那太痛了,太痛了。"

“对不起。”

抬头，大佬冷冷地凝望着我，我从来就害怕大佬的沉默，每当大佬沉默时，我就会知道该闭嘴别再说；可是不知道为什么，这次，我坚持往下说去：

“记不记得那次阿台放假回来，我们一起去三峡那次？”

“嗯。”

“我问你们，怎么样才算喜欢上一个女生？”

“嗯。”

“就算心知肚明对方不可能会爱上你，甚至只是接受，但你就是没道理地想要看到她，想要和她在一起，只是在一起。这就是我的答案。”

“不要再说了。”

“你们当时说了很多，每个人都说了很多，可是都没有人问我：那浩呆你呢？没有人问我，一直一直就是这样。”

“不要再说了！”

“和她在一起的时候，我觉得我比较可以做自己，而不只是一个耳朵或者在需要的时候回应一声，这样而已。”

“就算她不爱你？”

“就算她不爱我，但我就是喜欢和她在一起的那个自己。”

“浩呆——”

“而且，我再也不想当浩呆了。”

“……”

“所以，对不起。”

起身，我离开，而大佬的声音，冷冷的在我身后响起：

“浩呆……”

我停下脚步。

“走了就不要再回来。”

“大佬……这个世界，不是以你为中心而运转的。”

我说，然后继续往前走，然后离开。

离开这个占据我生日蛋糕上五根蜡烛的工作室，从此没再回来过。

直到多年后，大佬重新找上我。

之二

我就猜到那通电话是陈富，很奇怪，曾经深刻过的感情，有时候仅是电话那头的沉默，都足以猜出是对方。

当时电话沉默了三秒钟然后干脆的挂断，接着隔天，它再度响起，而这次开口：

“好久不见。”

久违的声音，陈富的声音，三年前我曾深爱过、也依赖过的声音。

“你还是没换号码？”

而这是我开口的第一句话。

“你还记得我的号码？”

“不记得也没忘记，刚刚才认出来的，你怎么知道我的号码？”

“陈浩，你的朋友，我的朋友，意外吗？”

不意外。

只是没想到这一天来得这么晚，或者应该说是，这么早。

太早，也太晚。

“我一直在等你打给我，这就是我没换号码的原因。”

话里有指责，我听得出来；于是我反击：

“三年前我打给你过，记得吗？你还搂着个女孩的那次。”

我们最后见面的那次。

而我只觉得可笑的是，尽管是在三年不见后的今天，我们面对彼此的姿态，依旧是战斗的姿态。

“我是故意气你的，奇奇！我很生气，还生气，你说了分手，然后一整年没打电话来，我——”

“你不也是？我说了分手，然后你潇洒的说那好吧，接着一整年没打电话来。”

叹了口气，陈富决定舍弃这个僵掉了的话题，避开我们再度的争吵，从前每次的争吵，从前的我们，从前。

也是，都三年的时间过去了，我们也都该有点长进。

“你后来好吗？奇奇？”

“现在才问会不会太迟了？你三年前的那天就该问了，不是吗？”

“奇奇！我不是打电话来跟你吵架的，你可不可以不要老是这么刺？”

“所以你是打电话来告诉我，我应该是怎么样的人？”

叹了口气，陈富又叹了口气：

“我可以见你一面吗？我……很想你。”

不要用这种口吻跟我说话，这曾经让我失陷的脆弱口吻、这全世界上唯一需要的好像只有我的依赖口吻，不要……不要了。

“恐怕不方便，因为我很忙。”

“只要见一面就好，让我看看你就好，好吗？”

“我过得很好，我要挂了。”

“奇奇——”

我听见电话那头明显的脆弱还有依赖，我不明白为什么在三年后的今天陈富还要打电话来，我只听见电话这头我心软的瓦解，我听见自己叹了口气，然后说：

“我去找你。”

“我去找你吧，外头下雨。”

“没关系，我坐计程车过去。”

“你是不想让我知道你住哪？”

“对。”

叹了口气，陈富妥协：

“那好吧。”

曾经深爱过的男人，终究还是拒绝不了，我讨厌这样的自己。

我去地下室找陈富，或者应该说是，陈浩他口中的工作室，以及大佬。

地下室变了很多，几乎已经不再是我记忆里的地下室，已经完全变成了陈浩口中的工作室，而至于这地方的主人——

“和你想象中的一样吗？这工作室？”

他还记得当年我们曾经有过的约定:把这个地方改建成为我们的工作室,既生活也工作的地方;他还记得,也遵守了,只是太迟了。

“不太一样,那个台球间我没见过,而且这沙发也太痞了。”

“呵,我故意的,我就知道你会这么嫌它,当我去买沙发时,我就心想如果奇奇看到了,她的眉目不知道会皱成什么样子。”

“你还是没怎么变。”

除了头发留长了些,陈富几乎还是我记忆中的模样,那宽宽的嘴角,那厚实的大手,那——不肯安定的眼神。

“你倒是变了很多啊,奇奇。”把烟捻熄,陈富笔直地凝望着我,“虽然一时间又说不上来是哪里变了。”

我微笑,百感交集的那种。

三年……

“只是朋友。从朋友的朋友,变成是朋友。”

“那我呢?”

“曾经深爱过的人,后来连朋友也当不成。”

把高大的自己埋进沙发里,陈富不让我看清他此刻的表情,在黑暗里,他仿佛自言自语般的说:

"那天我做了一个梦，那天，就是第一次打电话给你的那天。本来我满心以为听到的会是浩呆他神秘女友的声音，我和阿沙还准备好了要闹她，可是没想到接通之后竟然是你的声音，三年了，奇奇，就算已经三年的时间过去，只是一声喂，我还是立刻就能够认出，三年了……三年。"

而你甚至只是沉默，我也认出了，陈富。

"这三年来你有过别人吗？"

"关你什么事。"

"我真的需要知道……奇奇，我真的需要知道，不管是肯定或者否定，都告诉我，好吗？"

"为什么？"

"我不晓得，可能因为我还是放你在心底吧。"

"陈富——"

"我想说的是爱，其实，但我想你应该不想听到吧，所以我只好改口，这样可以吗？好奇怪，为什么分手之后，爱反而变成是负担？"

我不知道，我只好回答我知道的答案：

"没有，我只有过你。"

"谢谢你。"

"不是因为你，只是单纯的没有再遇到，爱情不是我的需要，我不会因为需要而去爱。"

"我知道。"

那你呢？

我心想，我没问，拉不下脸问。

“那天晚上我就做了个梦，场景就在那个日式卧房，这里什么都变了，就那房间没变，没变，也不允许任何人进去，因为那是我们的地方，我们很多的回忆都在那里；第一次你让我吻你，第一次我紧紧抱住你，第一次我觉得自己是完整的，第一次……我觉得我拥有全世界。”

抬起头，陈富望向我，而我，把脸转开。

男人就像猫，总是把你捉伤了，却又一脸无辜地望着你。

“你笑我吧没关系，而我只是希望，就算留不住我们的感情，起码，我可以冻结我们的回忆，如果可以的话，我甚至想用保鲜膜封住它。”

陈富试着开玩笑，不过不太成功。

“那是一个扭曲的梦，日式卧房变得好小，小得很压迫，而你也是，比例变得好小，小小的，像个洋娃娃似的；大男人，你老是这么说我的吧？是呀我是大男人，以前每天我都想要你的世界只有我，这世界上你唯一需要的只是我，如果你是洋娃娃般的女生，那么，我们就可以幸福快乐了，不是吗？可是你从来就不是这样的女生，对吧？”

对。

“梦的结局是什么？”

陈富没有回答我，弯腰把脸埋进膝盖之间，用他大大的

手,捂住脸:

"这三年来,我每天每天的问自己,如果三年前的那天,我的姿态不是赌气不是倔强,那么,现在的我们,是不是就可以不一样了?"

"陈富……"

"我们可以重新来过吗？奇奇？我可以改变,我一定改变——"

"但那就不是陈富了,不是我爱过的陈富了,不是吗?"

我说,然后走向他,抱着他,让陈富的眼泪,浸湿我胸前的部分。

我觉得自己好像一分为二了,在此时的此刻。

内心的那个自己,是很想要告诉他,就算重新再来过,结果还是会一样的;我们再一次的尝试,我们再一次的妥协,然后我们再一次的失败,因为我们终究不是彼此对的人,我们都太爱自己了;因为陈富是那种永远不会变的人,而我,却一直在变。

然而,内心之外的这个自己,却走向他,抱住他,就像多年前的第一次那样,只是,角色互换了,而心情,不再了。

不再。

日式卧房。

在黑暗中我起身，试着不惊醒熟睡中的陈富；穿衣，我转头望着已经指向凌晨的钟，直到这一刻，我才真实地明白：回不去了。

回不去了。

以前就算再失眠，只要在陈富的怀里，只要有他抱着我，感觉他的温度他的气息，总是就能够安稳地睡去，可是现在……不行了，都变了，行不通了，回不去了，因为爱情，死掉了。

死掉的爱情怎么回去？

最后凝望着陈富的背影，在黑暗中，在寂静中，我无声地道再见。

起身，正欲离去时，这寂静的黑暗却被打破：

“你要走了？”

“你没睡？”

还是背对着我，陈富的声音里带有眼泪：

“如果都是要失去你，那我宁愿在清醒中接受。”

“……”

“我还是留不住你，对吧？”

对不起。

“本来以为梦和现实是相反的，但结果没想到却是个预知梦。”

“嗯？”

“关于你的那场梦，你问我结局是什么？结局是你离开我。我不说，是因为以为这样就可以不会成真。”

“……”

“如果你还想问的话，那么梦里问我的人是你。在梦里，你问我，如果当初你不赌气不倔强的话，那么后来的我们，是不是就可以不一样了？”

“一切都变了，陈富，这三年来，都变了。”

“可是我没变！”

“……”

“只是，就算固执着不变，还是挽回不了我们，是吗？”

“再见了，陈富。”

“我们还能再见吗？”

“或许三年后吧。”

留下这个赌气的倔强约定，我离开；离开时我把手机留在日式卧房的门边，我想他会明白我的意思。

在走上楼梯的时候，我最后回头凝望始终背对着我的陈富，我只是在想：如果三年后我们真的再相见，不知道那时候的我们，会是什么模样？能不能那尊贵的细长眼不再含着悲伤的眼泪，而那宽宽的嘴角，漾着我熟悉的笑？

而我只是在想。

仿佛是个分界点似的,在那之后。

在那之后,我经历了人生中第二次的新陈代谢,我经过了一阵子没有手机的生活,每天绝大部分的时间几乎都待在办公室里、样品室里,度过我人生中第一个成功的开发季。

当忙碌的开发季结束那天,我一个人伫立在落地玻璃窗前,静静遥望着窗外街道上凌晨三点钟的台北街景,那是第一次,我觉得寂寞是件好事。

开发季结束后的不久,海外市场传来订单的好成绩,获利远远超过之前我创下的亏损,接着下个月,我的薪水得到大幅度的调升,还多了个助理;在新的开发季之前,公司从原来的小格局逐步拓展,拓展,而我分配到的,是拥有独立卫浴的办公室。

"老是待在办公室里不出来,没办法我只好给你加个厕所,否则我对你的膀胱不起。"

赖总笑着说,并且:

"如果你怀疑这是在讨好你的话,那么答案绝对是对的!我不随便讨好人的,不过我想你值得我讨好,我从来就相信我的眼光;而且你放心,花在你身上的每一分钱,我相信你都会帮我好几倍的赚回来。"

以及,拉斯维加斯的大展邀请。

"你从没出过国?"

这是当我说自己至今还没出过国时,他的第一个反应:惊讶。

"为什么?因为害怕坐飞机吗?"

"不,只是单纯的从小家里穷,所以没机会出国。"

"那这次的展览?"

"我很期待。"

"买个好一点的行李箱吧,因为以后你会经常用到的。"

最后,他这么说。

第七章

爱

永远是感情变质的最初

及最后

之一

我几乎可以想象大佬当时的表情。

当我打了奇奇的手机，结果接的人却是大佬时，错愕以及愤怒，还有被隐瞒的羞恼；当大佬打给他误以为的我的女朋友，但结果接听的人却是奇奇时，大佬当时的表情，我现在的表情。

错愕、愤怒，还有被隐瞒的羞恼。

"她走了，奇奇派的作风。"这是大佬开头的第一句话，"浩呆，或许你说的对，这个世界并不是以我为中心而运转的，可是你不得不承认我说的也对，奇奇是没可能爱上你的，因为我了解她。"

大佬说，然后我挂了他的电话，这是认识大佬的这么多年以来，第一次，我挂他电话。

太过直接而又赤裸的话语，断绝了我们友谊继续的最后可能。

她走了。

走了。

她……

每天午餐我还是依旧去奇奇公司楼下转角的星巴克，虽然我还是打心底吃不惯星巴克，而如今也更没必要勉强自己吃它了，但我就是害怕错过，害怕错过在这里遇到奇奇的可能；只是，我从来也没遇到过奇奇。

我想过直接到奇奇的公司找她，可是我不知道她公司的名称，我在心底拼了命的回想着，但怎么也搜寻不到奇奇曾经说过的她公司的名称，我只记得她提过她的老板，她的工作，除此之外，就没其他明确的东西了；抬头我望着这栋气派的商业大楼，我感觉到自己的渺小，我悲哀的想要哭泣。

——奇奇是没可能爱上你的，因为我了解她。

可是大佬你知道吗？其实不用你说，我心底也明白，只是大佬你不明白的是，我和你不一样，打从骨子里的不一样！我并不想要世界以我为中心而运转，如果可以的话，我甚至希望活在这个世界之外；我只想要奇奇，待在她的身边，坐在她的对面，望着她的脸，明白她还在，只是这样就可以。

尽管她不爱我，打从心底没可能会爱我，但，也好。

也好。

我的要求就只有这样，可是为什么连这样卑微的要求，你都要剥夺？

在连续一个星期下班之后去奇奇的住处守候，结果却只是扑空时，我终于明白大佬所谓的“奇奇派作风”是什么意思。

隔天我向公司请了两天假期，只身前往哭泣湖旅行，我知道这样很蠢，真的很蠢，但我只是想，或许奇奇会正好也在那里也不一定。

奇奇不在那里。

也是，奇奇早已经不再是那个奇奇，奇奇一直在变，打从我第一次遇见她开始，奇奇就一直在变；她的人生一直往前走，而我却始终在原地踏步，走不进她的世界，就连在她对面，也被剥夺。

你教我怎么不恨你？大佬。

在哭泣湖畔发了好半天呆之后，我终于想起要打个电话给诗茵，我想就算再决裂，奇奇总没可能连诗茵都舍弃吧？

希望不要，不要……

“嘿！大忙人，你该死了你！说好要来看我的毕业展的，结果居然晃点我！害我空等了一下午耶！”

电话接通，我能想到诗茵在电话那边神采奕奕的样子，我觉得好奇怪，奇奇都已经不见了，为什么你还能这么精神？

“……现在我都已经快升大二了——”

“大二？”

“你该死了你！该不会是连我考到了哪家大学也不知道吧？”

我苦笑。

“怎么了？为什么声音听起来很没有精神的样子？工作不顺利吗？”

很顺利，顺利得不得了，顺利到我向老板说想请假就准假；大佬说得对，反正浩呆到哪去都受欢迎，只是，那又怎样？奇奇不见了，我想要的只是站在她世界的对面，用最适当的距离看着她、关心她，只是这样也没有了。

那又怎样？就算世界开始以我为中心而运转，又怎样？

“嘿，奇奇最近有跟你联络吗？”

“很少呀，怎样？”

“其实没什么事啦，只是有个东西要拿给她，可是打她手机——”

“她换门号，还没办新的，你不知道吗？”

不，我不知道，我知道她为什么换门号，可是我不知道为什么她要连我也舍弃。

“我还以为你会每天去缠着她咧。”

“嗯？”

“你们公司离得很近呀,不是吗?”

所以诗茵并不知道每天我找奇奇午餐?奇奇没说?在她的世界里,我连个随口聊到的话题也不是?

“是呀,那你知道要怎么找到她吗?我这东西急着要给她。”

“什么东西呀?”

“不关你的事啦。”

“哦……如果是吃的你就直接扔了吧,因为奇奇要等到下个月才回来哦。”

“下个月?”

“对呀,她去拉斯维加斯出差,你不知道吗?我还以为你是她的头号粉丝咧。”

松了口气,我彻彻底底地松了口气,原来奇奇还在,我还找得到她,松了口气。

“说真的,你喜欢她对不对?”

“屁啦,你在乱讲什么,你才喜欢我咧。”

“屁!”

有这么明显吗?会不会这就是奇奇躲我的原因呢?

——你不是和诗茵在交往吗?

——没有。

我回想起当奇奇问我这问题时的表情，我想起当我明确否认时，她眼底的防备；如果这是奇奇想要的关系：她女友的男友。

"喂，你晚上有没有空？"

"干嘛？你要请吃饭哦？"

"对啦，还顺便请喝酒啦，如何？"

"哦哦，你不是陈浩，陈浩没有这么好！"

"再啰嗦就拉倒。"

"好啦好啦，你来接我？"

"嗯，我到了打电话给你。"

"好呀。"

在诗茵愉快而又兴奋的声音里我挂了电话，然后生平第一次感到自己真的混账。

可是没办法，如果这是奇奇愿意接受我的唯一方式，那么我愿意，打从心底的愿意，只要奇奇愿意让我再站在她的世界对面，用适当的距离，望着她，守护她。

就好。

"简单得要命。"

我想起沙大曾经教过我的。

"如果那妞对你也有兴趣的话，你根本连问也不要问，什么——我可以吻你吗——呸！少女漫画里的无聊垃圾，你就只管把她一把捉过来然后亲下去，错不了！女孩子喜欢这样，她们只是不好意思承认而已，相信沙大总没错！”

“那如果对方对我没意思咧？”

“那顶多只是挨一巴掌呀，又不吃亏，而且还是赚到。”

“……”

在走出我家牛排馆的街道上，我把沙大曾经教过我的原封不动实验在诗茵的身上，然后我发现沙大没骗我，因为诗茵没说什么，她只是脸红，然后紧张地搓着她的厚刘海。

“要上就更简单了，你根本也不要问——那请问我可以上你吗——笑死人！连少女漫画都不用这种无聊对白，就是尽管很自然很大方地提议附近有家 Hotel 还不错，如果那妞没说什么的话，那你就去吧？”

诗茵没说什么，我们找到附近一家宾馆，在付了钱之后，她还小声地问我是不是该买个保险套。

我发现她好像比我有经验，然而实际上这都是我们的第一次。

关于第一次的经验，沙大死也不告诉我，倒是阿台大大方方地说了：

“通常都尴尬，因为太紧张很快就出来，如果你女朋友也是第一次的话，那肯定更糗，因为她会很紧而且很痛，要命的是还不容易湿，这样连你都会痛。”

并且他说：

“早日脱离处男啦，浩呆，否则你拿什么脸在我们工作室混下去呀？”

阿台呀……我终于如你所愿脱离处男了，只是工作室……也回不去了。

回不去了。

“感觉怎么样？”

当我离开诗茵的身体之后，这是她开口的第一句话，而表情是难过。

“咬咬的。”

我回答阿台果真说得没错，我很快的出来，不过就当阿台说的是真的吧：男生十个有九个通常都这样啦！剩下的那一个是在吹牛，不用信他没关系。

“你呢？”

“憋憋的胀胀的，好像还肿起来了，而且还流血，好痛；第一次好像都会这样。”

“嗯。”

“你也是第一次吗？”

“嗯。”觉得很累又很烦，于是我问：“你要不要先去冲澡？”

“好呀。”起身穿衣，在越过我面前时，诗茵像是突然想到了似的，问："所以，我们是在交往吗？"

"嗯。"想了想，我觉得好像应该要多说一点，于是我又说："对呀。"

"下次应该会顺利一点吧？"

"反正没可能更差了。"

然后诗茵一副快要哭出来的表情，我只得赶紧补充：

"逗你的啦！我会多看 A 片学习的啦。"

"不是问大佬他们吗？"

我沉默。

"我以为你们没事就在聊这个耶。"

以前是，但没以后了。

我试着没事般的回答：

"聊是一回事，实际做又是一回事呀，看 A 片比较准啦。"

"哦。"

"你要不要去冲澡呀？不然我先去啰？"

"好啦好啦。"

好不容易诗茵终于闭上了嘴巴走进浴室，但没一会，她却又探出头来。

"什么东西忘了拿吗？"

"没有啦，我只是想到一件很重要的事情忘了问。"

"刚刚有戴啦。"

“不是啦，是那个那个……”

我差不多快要不耐烦了，于是诗茵不再那个这个，而是赶紧小小声问道：

“你……爱我吗？”

对不起。

“不然干嘛跟你上床？”

对不起。

“我……”

“又怎样呀？”

“我只是想跟你讲，人家也喜欢你很久了而已啦！干嘛那么凶。”

扮了个鬼脸，然后诗茵用力关上门；而我，只觉得悲哀的想哭。

悲哀的想哭。

对不起。

当你不熟练地脱下衣服时，当你怯生生地把身体展开于我时，当你紧咬下唇强忍住痛时，当你……我脑子里想的都是奇奇，我想象奇奇，想象她和大佬，我想象——

对不起。

真的，对不起。

不无耻,怎么爱?

我想起大佬曾经说过的这句话,我想他说得真对。

之二

小时候我跟着爸爸在高雄的小港住过一阵子，每天只要抬头就可以看见飞机在天空上飞，这是我对小港这地方唯一的记忆了；那时候我总想象着坐飞机是什么感觉呢？应该很棒吧？可以在那么高的空中飞着，把这个世界远远丢在脚下，那一定很棒！

很棒。

从那时候开始我就一直好想要坐飞机，可是直到现在我才终于坐上了飞机，而原来感觉并没有想象的那么棒，我反而有点害怕。

害怕。

爸爸这辈子从来没有坐过飞机，连去澎湖蜜月旅行都是搭船去，没办法，爸爸太穷了，爸爸的画卖不出去，那都是些很好的画，但就是卖不出去，爸爸最大的愿望就是开个画展，可是没有人要帮爸爸开画展，因为他们说没有人喜欢赔钱；我常在想长大后要赚钱买爸爸的画，可惜来不及，那些画后来都被爸爸烧掉了，我知道的时候很生气，真的很生气，那是我唯一一次生爸爸的气；爸爸只会画画，爸爸也只想画画，我搞不懂这样子的爸爸，妈妈当初为什么会愿意嫁给他？因为妈妈很虚荣,不只是爸爸这样说而已,每次他们吵架时爸爸总会骂妈妈是个永远不会满足的女人,所以那次我前男友这么说我的时候,我很生气,真的很生气,所以我说了分手,虽然那时候还很爱他。

虽然。

我想可能是因为爸爸很帅的关系吧! 呵,没在吹牛,我爸爸真的很帅,真的很帅,而且……永远也不会老的;可能也只是因为单纯的就是爱上了吧! 我想,爱到想要有他的孩子,虽然是超级害怕痛的那种体质,但就是晕了头而且连呼吸都乱了的想要有个和他的小孩,他的眼睛他的鼻子他弯弯的嘴角……妈妈是这么说的,当他们感情好的时候;只不过妈妈更常说的是:爱和幸福是两码事,和爱的人一起生活,生了他的小孩,不见得就会幸福。妈妈经常这么告诉我,因为生活里有现实,而现实太残忍了,尤其对艺术家而言。

残忍。

我不知道幸福是什么,不过和爸爸在一起的时候我常常觉得很幸福,虽然我们坐不起飞机,吃不起好东西,也穿不起漂亮衣服,鞋子总是捡亲戚姐姐们的旧鞋子穿,衣服我无所谓,可是不合脚的旧鞋子会让我觉得好丢脸,不过和爸爸在一起的时候总归是幸福的。

快乐。

不会像后来那样心情常常不好，没道理的就沮丧，我知道人是该快乐的，这样身边的人才会快乐，所以我努力想要让自己快乐一点，或者起码让别人觉得我看起来快乐，让他们放心，不要害他们也不快乐；可是没办法，我真的很努力了，但就是没有办法快乐，越是拼了命的想要让自己快乐，就越是搞砸了的对自己感到失望。

失望。

爸爸走的那天我很失望。

我记得很清楚，那阵子他们又吵架所以妈妈离家出走，而我因为工作的关系，晚餐都是爸爸在负责，爸爸很不会煮饭，爸爸只会画画，爸爸很会画画，可是爸爸不愿意妥协画些别人愿意买的画，爸爸只想画他愿意画的画。有次爸爸只好卤了一锅猪脚让我配白饭吃，这花去了爸爸一下午时间，可是很难吃，真的很难吃，我们吃了好几餐都吃不完，可是丢掉又浪费、而我们又没钱浪费；那天我工作很不顺利，忘了做错什么事被设计师骂了一顿，回到家看到餐桌上又是那锅猪脚时，我借题发挥发了顿牢骚，而爸爸没有说什么。

没有。

爸爸对我比对妈妈好，妈妈发牢骚爸爸会吼她，可是我发牢骚爸爸却只是淡淡地说了声对不起，然后起身走回房间，隔天我出门上班的时候爸爸还没起床，当我再看到爸爸时，是在医院的走廊上，连病房都不用进去了，那天雨好大，大得讨人厌，我讨厌下雨，从那之后就讨厌下雨天。

讨厌。

我后来也讨厌吃东西，我不知道是不是因为这个的缘故，我只觉得很生气，怎么可以这样呢？不可以这样呀！我明明知道爸爸有忧郁症，可是我——

“嘿！这不是你的错。”

他按着我的手，打断我的话，试着想稳定住我的情绪，而眼神，是温柔，还有宽容。

“你那时候还只是个小女孩，大人的世界你本来就还应付不来。”

“只是安慰我的话吧？”

“不是，我也一样高职毕业就进社会工作，所以我会明白那是怎么一回事；而你要相信我，这真的不只是安慰。”

我苦笑。

“好丢脸，飞机才起飞就说了一堆乱糟糟的话，可能是因为第一次坐飞机太紧张的关系吧。”

拍了拍我的手，他试着轻松地开玩笑：

“没关系啦，我不会因此扣你薪水的，虽然都已经搭头等舱了，你还给我这么紧张，这让我觉得有点浪费钱，早知道放你和助理一起坐经济舱就好了，哈哈。”

我忍不住笑了；我发现他很喜欢用职称来称呼彼此。

望着他的手，我在心底默默祈祷着那手不要移开。

他没移开。

“嘿，说个搞不好能让你对搭飞机这件事情改观的看法，如何？”

“好呀。”

“在飞机上是最接近天堂的地方。”

“为什么？”

“因为它最高呀，因为最高所以最接近天堂，搞不好望向窗外你就能看见你的爸爸哦。”

“那太空船呢？”

“那只会看见外星人。”

我又笑了，是打从心底的那种开心的笑。

望向窗外，我没看见爸爸，我只看见他映在窗上的脸，望着我的脸。

“没骗你吧？真的看到了，对吧？”

骗我。

“你相信有天堂?”

“没道理不相信呀,要不人死后往哪去?”

“那天堂是什么样子?他们在那里都过着什么样的生活?”

“这个嘛……或者以后我上天堂了再告诉你?”

“喂!”

他开开心心地笑着:

“这我哪会知道呀,我的设计师。”

“你当然要知道呀,我的总经理。”

“相信我,总经理唯一知道的事就是如何当个总经理,除此之外,他们连放屁到底要不要脱裤子搞不好都不知道。”

“谢谢你。”

我笑着说,这句话是安慰了,我明白。

“虽然是有点奇怪的问题,不过能这样把你逗笑,应该有你爸爸一半的厉害了吧?”

“有呀,而且是我前男友两倍的厉害。”

“呵呵。”

他淡淡笑着,然后移开了手,假装不经意的。

假装。

“睡一下吧,还要飞很久才会到,而且你爱压榨人才的总经理一下飞机就要你陪着他应酬很多很多的客户呢。”

“可是我睡不着。”

"嘿！不用为了这个自责，好吗？"望着他的手，我希望他再度安抚我，我感觉他想再度那样做，可是他没有，那手僵硬的搁在椅背上，"可以选择的话谁都想要一闭上眼睛马上就睡他妈个好觉，没有人是自己想要失眠的，把我这句话听进去：自我要求高是件好事，可是不要把自己逼得太紧了，好吗？"

好。

"活着的本身就已经够累了，我们没必要再给自己找累。"

"爱压榨人才的总经理想睡的话没关系哦，设计师已经很习惯失眠了，还是可以一下飞机就陪他去应酬很多很多的客户，没问题的。"

"呵呵，别担心我，设计才能我比不上你，可是这点我绝对没有问题，因为也已经习惯了没时间睡觉却还要精神百倍的生活了。"想了想，他又说："而且，我喜欢——"说到了嘴边的话打住，他改口："我喜欢和你聊天。"

才想说些什么的时候，他不自然的笑着，以开自己的玩笑转移方才话里没说出的……没说出的什么。

"因为是总经理的关系，所以公司里好像没什么人敢跟我聊天，奇怪，我明明已经很努力的假装自己是个好相处的总经理了，不是吗？"

我明白他的意思，于是我配合着笑了笑。

公司里没人敢跟他聊天，不只是因为他是总经理，而是因为他在公司时姿态通常都冷漠。

“我一天只要睡三个小时就非常足够了,而且脑子好像装了自动导航似的,只要眼一闭,立刻就能睡。”

“真羡慕呀。”

“这点我强烈建议你别羡慕,因为这可不是什么好生活。”

“是在谦虚吗?”

“不是,真的不是。”苦笑着,他说:“生活只有工作是件悲哀的事,以前我不这么觉得,反而还引以为傲。但现在……”

“因为忙得没有时间谈恋爱吗?”

我问,我发现他手上没有任何的戒指,其实在登机时我还注意到他的配偶栏是空白,我当时在心底偷偷感到开心,我以为会为那个自己感到难过,可是很奇怪的是,我没有。

“倒不完全是。”

他轻描淡写地说,我发现这个话题令他不自在。

他有女朋友吗?

他这么忙能有女朋友吗?

他喜欢什么样的女生?

他有没有可能——

打断了我脑海里的思绪,反倒是他问我:

“那,你现在有男朋友吗?”

他问得太快,快得像是他从很早很早以前就想这么问了;

他或许对于工作很会假装，但对于感情……

我摇头。

不自在的笑出现在他表情里，再一次的。

“那我就不用罪恶感那么深了，我一直很内疚瓜分了你男朋友那么多的时间，显然是我多虑了，哈哈。”

哈哈。像是用念的那般，不自然的笑。

“赖总呢？”

“嗯？”

“这么忙，怎么谈感情？”

他还是不太自在，我感觉他在逃避这个话题；但我不要，我于是又问：

“赖总有女朋友吗？还是结婚了？”

“没，没结婚，也没结过婚。”

“那女朋友呢？”

“交过一个。”

他说，然后转头向空姐要了一杯咖啡。

在一杯咖啡的犹豫之后，他放弃似的缴械投降，他改口：

“高中时候交过一个，然后就一直交往到现在了，算算也快八年了。”

我感觉到我的心直往下沉，仿佛是用尽了全身的力气维持住脸上僵硬的笑，我试着仿佛只是闲聊只是好奇地问道：

“但赖总这么忙，你们怎么约会呢？”

“我们从很久以前就习惯了只和工作约会。”

“哦。”

本来话题该在这里就打住了的。

本来。

但他却像是嘴巴自动被打开了那样，自顾着又说：

“协理，所以我们只和工作约会。”

“咦？”

我惊讶，脑海里忙碌着想把协理和眼前的他摆在一起，但怎么就是办不到，不，我甚至从来没有看过他们两个人相处的画面，他们在公司里交谈过吗？就算有，也极少，在开会时在聚餐时在尾牙时甚至是在员工旅游时他们甚至不住同一间房！我想起那几次的员工旅游，我印象深刻他总会走到我的身边同我一起讲话，很自然的，自然的好像本来就应该是这样，自然的不在乎其他同事看在眼底的耳语，他——

他们两人极少交谈，他们的互动冷淡到几乎让不明就里的人误以为他们两个人彼此不合的程度。

不明就里。

套上公式化的笑容，他说：

“你真不愧是全公司里我最喜欢的人，替公司赚这么多钱，却从来不过问八卦。”

我听见他这么说，我也听见他话里没说的，我还听见他说的是人，而不是他常用的职称、设计师。

“只是，别把自己关得太紧，好吗？”

最后，他这么说。

而我没回答他，我只是低下头，把玻璃杯中的红酒一饮而尽，如此而已。

第八章

有些事情是学不来的

例如

爱

之一

阿台打来的电话，让“死掉的友情”这句话，变得很具体。

“机智问答，浩呆，在阿台去当兵的这段时间，工作室发生了一件连沙大那个大嘴巴也不肯说的事情，这代表什么意思？”

代表我也不想说，于是我说：

“恭喜你退伍了，阿台。”

“没有白费阿台罩你那么久呀，浩呆，就知道你还是有把我放在心底。”阿台笑了笑，不是他招牌的啊哈哈，却是有气无力的笑了笑，“但你还是没有回答我，那代表什么意思？”

代表我真的不想说的意思，我心想。

“那代表事情真的很严重了的意思。”

“怎么知道的？”

“你没来，阿台的退伍 Party，你没来，我问半天他们也不肯说什么，最后是沙大告诉我：可能大佬没找你吧！可是他最多也只肯说到这里了。”

“对不起。”

在阿台的入伍 Party 时，我怎么也想不到一年八个月之后，竟然我会缺席阿台的退伍 Party，我怎么也想不到，没有人想得到，当时的我们，想都想不到。

可是我终究还是缺席了，我们约定好的退伍 Party，阿台的退伍 Party。

“我很难过，浩呆，不管到底是发生什么事。可是不能有秘密，这难道不是我们工作室里不成文的规定吗？我们不是一直就这样子的吗？啊？怎么搞的现在反而只剩下不在的我，还白痴地遵守？啊？”

闭上眼睛，我说：

“奇奇。”

阿台倒抽了一口气，然后严肃地只说了三个字：

“说下去。”

“我……认识了奇奇，在他们分手之后，我认识了奇奇，然后——”

“然后你就决定让她是你的秘密？”

不要这么了解我，好吗？

“她就是那个你喜欢的女生？”

“嗯。”

我几乎可以想象阿台此时紧握的拳头，而，如果可以的话，我真的希望阿台此时此刻就在我的面前，把那拳头挥向我，然后在痛痛快快的发泄之后，阿台会抽根烟，然后很耍帅的说：算了啦，反正都已经是这样了不是吗？啊哈哈——

可是没有，阿台此时此刻不在我的面前，而且我甚至很奇怪的感觉到,阿台永远也不会再出现在我的面前了。

“那么多的女人!浩呆!这世界上有那么多的女人,为什么你偏偏——”

“我知道,大佬也说过一样的话。”

“你——”叹了口气,感觉像是把拳头握得更紧那样,阿台又说:“你知道吗,浩呆?说出来不怕你笑我,可是我真的宁愿你碰的是我的女人,而不是大佬的,尤其是奇奇。”

“为什么……为什么你那么爱大佬?每个人都把他当成神一样,为什么?”

“别人我不知道,可是阿台我,把他当成兄弟一样的爱,亲兄弟;我是单亲家庭,你知道吧?”

我知道。

“我有个哥哥也有个弟弟,还有个应该称之为家的地方,可是大佬还有工作室,只有在那里的时候,我才真正觉得我有哥哥也有弟弟,还有个属于我的家,而那个家有我也有你,可是现在呢?”

对不起。

“每个人都有自己的死穴,是谁也不可以碰触的,就算是兄弟也不行!阿台的话是工作室,而大佬……是奇奇。”

“对不起。”

“你好好保重,浩呆,好好保重。”

"我们不会再见面了吗?"

"嗯。"

"大佬不要你再见到我?"

"他没说,是我自己想要这么为他做。"

并且他说:

"这就是兄弟,浩呆,我不管这道理是对是错、幼稚不幼稚,但在我们的工作室里,这就是兄弟。"

然后阿台挂了电话,呆呆地望着断了线的手机,我难过地哭了出来,终于哭了出来。

这是这段日子以来,我第一次,终于能哭出来。

这就是兄弟,阿台说。

我不知道工作室里的他们是不是都这么遵守,但我知道沙大好像把它当成是屁,因为他还是照样经常跑来找我,当我依旧是习惯在奇奇公司楼下转角的星巴克做无谓的守候时。

每当沙大坐在我的对面时,我总宁愿对面坐着的人是阿台而不是沙大,因为沙大知道阿台不知道的事情,沙大知道奇奇并不爱我,不知道是不是因为这个缘故,每当望着沙大的脸时,总是会提醒我这件事情的存在,或许这就是我讨厌看到沙大的原因。

"妈的你这小子厉害!你知道昨天阿台喝醉之后哭得多

孬吗？笑死我，哈哈！”

沙大隔三差五就会跑来这里陪我吃午餐，然后自言自语般的报告着工作室里他们的近况；我不知道沙大干什么要这样子做，但我发现我其实喜欢他这样做，因为我还关心着工作室里的他们，也是因为对面空着椅子，实在令我不好受。

“大佬昨天又带了个新女朋友回来，干！超像徐若瑄的啦！所以我们都叫她小 Vivian，哈！下次我拍张照来给你瞧瞧。”

我没理会他，依旧没理会他。

“唉，你猜这次大佬会撑多久才和她分手？我猜要不了半个月，因为她根本就不是大佬的菜嘛。”

我总是不理会沙大的自言自语，仅是午餐时间到了就起身离开，然后隔天再继续希望又绝望地到星巴克吃午餐，我不知道这样的日子要持续多久，但我知道无论多久我都愿意持续，只要能再见到奇奇就好。

为了做好再见到奇奇的准备，我开始给自己做很多的改变，例如，工作我开始专心表现而非只是过一天算一天，我开始希望能被加薪被升迁，我希望起码我能配得上奇奇的一半；偶尔我还是和诗茵约会，绝大多数的时候都只是纯约会，极少极少我们会开房间，对于这点，诗茵并没有说些什么，我想她大概本身也希望这样吧！我想。

我不认为诗茵喜欢跟我做爱。

我还开始改变外表，花了好一笔钱去修剪了新的发型，买了新的衣服，而且，开始早晨跑步健身，晚上做很久很久的俯卧撑；本来我只是希望自己能变得好看，然而我没想到，这在沙大的眼底却——

"浩呆呀——哈！我知道你要我别再叫你浩呆，我知道，可是这次我实在忍不住再叫你浩呆，你知道为什么吗？"

我不知道，但我也没吭声。

"你以为这样子奇奇就会爱上你吗？"

"我哪样？"

"去照照镜子，浩呆，你根本就是照着大佬的样子在打扮嘛。"

我怒视他。

"所以接下来你也要开始买女人了吗？"

"买女人？"

"你忘了哦？阿台的退伍 Party 呀，那时候我们不是说了，如果阿台退伍时还没有女朋友的话，大佬就要出钱让他去买女人呀。"

我没忘。

"大佬……还是遵守了那个约定？我以为只是玩笑话而已。"

“浩呆就是浩呆。”痞痞地点了根烟，我感觉到今天的沙大和以往的沙大有点不太一样，“只要是约定的话，大佬就一定会遵守的啦。”

“我以为大佬讨厌买女人这件事。”

“他是讨厌呀，不过只要是约定的话，他就一定会遵守，这就是大佬。”

我沉默。

“唉，怎么样？晚上一起去吧？”

“什么？”

“买女人呀，突然聊到这个，才发现，哇靠！沙大我也没试过耶。”

“你白痴哦。”

我说。然后沙大用一种很奇异的眼神望着我；捻熄了烟，他突然说：

“知道我为什么还愿意来找你吗？”

“总不会是为了叫我陪你去买女人吧。”

“白痴，买女人是刚刚突然才想到的念头，”把玩着银制的打火机，沙大漫不经心地说：“因为我佩服你，离得开大佬。”

“我六点下班，你等我。”

不知道为什么，我接了这句话。

仔细回想这好像是我和沙大单独相处过最久的一天，尽管我们已经认识了那么多年。

下班之后沙大果然就在公司楼下等我，我们心照不宣的去了上次阿台消费的那家，本来我以为要等沙大很久，但没想到走出那里之后，却看到沙大站在街的对面无聊地抽着烟，看着他脚下的烟蒂，我怀疑他根本没有进去。

“你有进去吗？”

“有呀，可是进去看几眼就出来了，连裤子都没脱，哈哈。”

“为什么？”

“那女的太老。”想了想，沙大又说：“而且原来这档子事我不喜欢买卖的，这点我跟大佬一样。”

“哦。”

“你咧？感觉如何？”

“不就都那样。”

沙大想了想，然后他决定同意这句话，接着他问：

“时间还早，要不要去喝个东西？”

“好呀。”

“我和我追逐的梦？”

我为难。

“安啦！大佬他们去峇里岛玩，号称是工作室第一次的员工旅游，今年他们接到几笔大 case，赚翻了，哎！这都是多亏了沙大我的业务天分啊。”

"那你怎么不去？"

"和你大嫂吵架，怄气就不去。"

我没问沙大他们为什么吵架，因为我心想那不关我的事，而且沙大这点其实和大佬也一样，如果是想讲的话他自然会讲，而当他没说的时候，那就代表他并不想讲，而他们最大的不同在于：如果追问的话，沙大多少会提一些，而至于大佬则不讲就是不讲。

我感觉得出来沙大今天心情很烦的样子，于是我没多说些什么，只是安安静静的和他去了久违的"我和我追逐的梦"。

"没想到它还在嘛。"

"会开到世界末日的那天啦！对吧，老板？"

老板笑着点头。

"还是两杯百香冰红茶？"

"对，大杯的，还要很多的卤味，今天这小子请客。"

"喂。"

"哈！这就是我和大佬最大的不同：他对金钱大方，我对女人大方。"

"啧。"

两杯百香红茶，大杯的，还有很多很多的卤味。

"你和大嫂还好吧？"

“OK啊，床头吵床尾合啦，干嘛？”

“觉得你今天不太一样。”

沙大微笑着没说些什么，他只是把玩着手中的银制打火机，像是随口说说那般的说道：

“这打火机是初中毕业时大佬送我的，最近才想到有这东西存在。”

“你们从初中就认识了？”

“嗯，我第一根烟就是和他一起抽的。”

“哦。”

“我知道他跟阿台比较好，不过其实认识他最久的人是我。”

“哦。”

“还有你大嫂也是。”

“嗯？”

“大佬、我、你大嫂，我们三个人从初中就是同学了。”

“哦。”

“而且他们还交往过。”

“啊？”

我惊讶，接着沙大得意洋洋地抱着肚子大笑：

“哈哈！被我骗到了吧？笨死了，浩呆。”

“……”

像是终于笑够了似的，沙大痞痞地说：

“其实你大嫂一开始喜欢的人是大佬。”

“咦?”

“很过分吧？这种事为什么要特别告诉我呢？‘老实告诉你,其实一开始认识你们的时候,我希望追我的人是大佬。’说这话是什么意思呢？是想要我吃醋吗？无聊的女人!”

“结果你有吃醋吗?”

“结果我跑去弄她的好朋友,那是我第一次劈腿。”

“无聊。”

“我知道,不过那时候我才初中,你以为我能多成熟?”

你现在也没多成熟,我心想,但没说。

“大佬知道吗?”

“我不知道他知不知道,我没想过要问他。”

“哦。”

“你大嫂拿过孩子,你知道吗?”

我摇头。

“升高一那年的暑假,哪有那么衰的事！第一次就中奖!这是那时候我说的第一句话,可能你大嫂也不爽了吧,因为她接着说:说的也是,搞不好这是大佬的。”点起香烟,沙大黯淡了表情,“那是我的死穴,什么玩笑都可以随便开没关系,可是这个不行,我这个人,这件事不行。”

每个人都有自己的死穴。我想起阿台也对我说过这样的话。

“后来呢?”

“后来还是拿掉啦,我刚不是说了吗?”

“哦。”

“记不记得我中午说的,我佩服你离得开大佬。”

“嗯。”

“我佩服,真的,因为连我也离不开大佬;我不知道他到底魅力在哪里,可是没有人离得开他,这是真的,除了你。”

还有奇奇,我在心底这么补充。

“可是另一方面,当你中午答应和我一起去买女人时,我反而觉得很难过。”

“……”

“我知道我从以前就一直问你3P呀杂交呀什么有的没的,可是那时候你都拒绝,坦白说,我就是喜欢那样的浩呆,所以当你今天点头时,我真的很难过。”

这是我和沙大之间最后的对话,我没想过那会是我最后一次见到沙大,这个我始终搞不懂自己是喜欢他还是讨厌他的沙大。

后来我不再去那家星巴克吃午餐,因为后来我才从诗茵的口中得知原来奇奇他们公司搬家了,而奇奇也顺便搬了家,于是我不再有去那家星巴克吃午餐的必要;没多久之后我跟着也离职,换到了一家薪水高一点的公司继续做排版的工作,这是我给所有人的理由,然而其实我真正没说的是,因为新的公司,离奇奇公司的新地址,比较近。

之二

这年的春末夏初，蔡依林就如同她新的专辑那般，以全新的姿态全新的样貌以及全新的气势回到荧幕前，还更红。

看街头那些效仿她的穿着打扮发型化妆的小女生就知道。

我其实并不意外，因为他曾经说过。

疲惫的望着电视上全新的她，我想起那年的那天，和他曾经有过的那些对话：

——虽然她现在只是个偶像歌手，但她不会只是个偶像歌手。

——哦。

——要赌吗？

——好呀。反正我稳赢的。赌什么？

——一个吻。

——哈，我开玩笑的啦。

大概是酒喝多了的关系，我想；把矜持把顾虑把办公室里那些蜚短流长抛在脑后，我拿起手机，拨号。

“你在忙吗？”

“该死,我一个月里头就只有这么一天不加班,”玩笑性的叹了个夸张的气,他笑说:“不过,既然是我的王牌设计师,说吧,怎么啦?”

“老实说,我是不是很难相处?”

“你的鞋子就是订单的保证,不只是我们自己公司,就连下游厂商、客户都是靠你的手在决定所有人的年终好不好过,我想就算是再难相处,大家的选择也会是很愉快的忍耐吧。”

我知道我是该笑的,但是我笑不出来,我的心情糟透了,我刚喝完一整瓶的红酒,我糟透了。

糟透了。

“是你助理的事,对吧? 我今天进公司时有听说了。”

不只是助理的事,不过那确实是个引爆点没错。

我的助理,我 fire 掉的第 N 个助理,本来我以为这次协理会一如往常的问我原因了解状况,然后点头,转身离开我的办公室;可是这次她没有,她望着离职单,点起一根香烟,在一根香烟的沉默之后,她说:

“有才能是件好事,对工作有要求是件好事,年少得志是世界上最令人愉快的事,可是同时你还是得明白,助理之所以只是你助理而非你的上司,就是因为她们的才能比不上你,你不能拿你的标准对待她们,因为她们拿的不是你的薪水,这么说,你明白我的意思吗?”

我明白，我当然明白；只是我明白她说的也不只是字面上的这一回事。

“我会再给你找个助理，我已经配合你这么久了，可不可以偶尔，你也配合一下别人？”

我沉默。

“我知道你现在很红，真的很红，很多同业都在打听你，有许多客户重视你更甚于我们公司，而总经理——”想了想，她决定略过这点，“有才能是件好事，但恃宠而骄则是个危险。”

“我恃宠而骄？”

我说，而话里，火药味浓厚。

“你也不喜欢搅和那些八卦流言，这点我欣赏，因为我也是；可是用过来人的经验我不得不告诉你，你没有办法管住别人的嘴巴，正如同你没有办法阻止自己的耳朵会不小心听到个什么，”挑衅地望着我的独立浴厕及咖啡吧台，有抹冷笑浮上她的嘴角，“或许这就是总经理的先见之明吧，可是你也得明白，他所能为你做的，也只有这样了，在这个玻璃屋里，而玻璃屋外——”

打断了她，我反击：

“我是没有办法管别人嘴巴怎么讲，但我还是有资格直接表达我听到时的不悦。”

并且我说：

“我只是希望大家尊重这份工作，不管只是个助理，或者是个协理!”

我说,然后起身越过她,摔门离开,这是长久以来的第一次,我提早下班。

我们都心知肚明,我们争执的不只是字面上的话语,而是……而是谁也不愿说破的那些。

不愿,也不方便。

把玻璃杯中最后三公分左右的红酒一饮而尽,我听见我自己这么说:

“难相处的设计师她明天想要请假,请个长长——长长的假,长假,Vacation——”

“OK呀,你该知道她的总经理从来就不会拒绝她的任何要求的,因为她值得。”

“任何要求都不会拒绝?你确定?”

那么,把协理调到大陆分公司呢?该去的人是她不是你,我想要相处的人是她不是你。

“除了你想取代我当总经理,只有这点不在此限。”

终究还是被他逗笑了。

“太好了,听到你笑我总算刚刚的脑细胞没被你吓死。”吹了个长长的口哨之后,他决定换个轻松的话题,“那么,我的王牌设计师想去哪里度个假呢?”

"哭泣湖。"

我说出突然闪过我脑海的这三个字。

"那是在哪?"

"在屏东的牡丹乡,哭泣湖。美得令人想要哭泣的湖泊,没去过的人不会知道。"

"我以为你会想出国度假呢。"

我受够出国了,我总是在出国,去东京去巴黎去纽约去伦敦去任何与流行有关的都市,搜集所有与流行有关的事物,我受够了。

"这样吧,突然的请假我接受,不过假单可能得等到我回来再替你补签,因为刚好,总经理明天也要出国度假。"

"你要出国?"

"是呀,我以为你知道,没想到你居然比我预期的还不关心你办公室之外的事呢。"

我尴尬地笑。

"总经理也是会累的,偶尔也是得从工作里逃的。"

"一个人吗?"

和协理吗?其实我想问的是这个,但我发现现在就是连她的职称我都不愿意提及。

"是呀,只有一个人的时候,我才能够不只是个总经理。"

——或许这就是总经理的先见之明吧,可是你也得明

白，他所能为你做的，也只有这样了，在这个玻璃屋里

“嘿！”

“嗯？”

“没什么，只是你突然的沉默又把我吓到了，我发现他们其实都误解你了，你最可怕的不是生气而是沉默。”

“谢你哦。”

听着他爽朗的笑声，我感觉到我的心情已经平复很多，本来想要收回明天要请假的请求，因为我发现与其一个人去哭泣湖，我宁愿还是回公司上班，然而就当我才想说时，他却抢在我之前先说了：

“大概是被你害的，我突然也很想看看美得令人想哭泣的湖泊长得什么样子。”

“……”

“这样吧，明天我搭你便车去满足我的好奇，接着你送我到小港机场祝我旅途愉快，这样如何？”

“不妥。”

你可以不介意那些蜚短流长，但我不行。

“放心啦，油资可以报公司账，哎，明明待你不薄，结果却连点便宜也不给公司捞。”

我又笑了，在毫无防备的笑声里，我听见他说：

“其实明天是我的生日。”

"咦?"

"嗯,明天是我生日。"我听见他点起了一根香烟,"我连过年都在工作,大家阖家团聚吃年菜发红包打牌狂欢到通宵,而我还在东奔西走,这是我的选择,我很甘愿,我是个工作狂,我喜欢这样的自己,但生日例外,我会放自己一个星期假,只和我自己,一年三百六十五天,我只做七天的自己。"

"嗯。"

"所以,我可以借此无耻的跟你要个生日礼物吗?"

"好呀。"

"明天穿上那双玻璃鞋好吗?你还记得吗?那双玻璃鞋?"

我记得,我只是不知道他还记得。

原来他记得。

"我发现你从来没穿过它,这点让我有点小不愉快。"他说,然后自顾着笑了起来,"所以,明天穿上它,当作是送我的生日礼物。"

"好呀。"

"嘿,再一分钟就十二点了,该死!一想到就要变成二十八岁了真不爽。"

"生日快乐。"

"谢谢,"他笑,然后等到时针走过十二点时,他才又说:"原来变成二十八跟二十七岁也没什么两样嘛。"

“呵呵。”

“在我二十八岁生日这年，第一个跟我说生日快乐的人，我会永远记住她。”

最后，他这么说。

哭泣湖。美得令人想要哭泣的湖泊，没去过的人不会知道。

和他的哭泣湖，从来我没有告诉过任何人，于是我才明白，越是珍贵的回忆，往往越是吝于泄露；所以我只是把这一天，这个人，还有和他的哭泣湖，放在心底，偶尔怀念，然后感慨，然后遗憾，即使是经过了很久很久的以后，还是。

还是。

哭泣湖。美得令人想要哭泣的湖泊，没去过的人不会知道。

在哭泣湖畔，我问他：

“你刚在车上一直放的那是什么歌？”

“《爱的可能》，叶倩文的。”然后他轻哼了几句，接着把手边的碎石掷进哭泣湖里，动作像许愿，而口吻似告解：“我很喜欢这歌词，喜欢得不得了，好像把我这几年来一直逃避着的什么都唱出来了，直接而又赤裸地唱出来了，很残忍，可是真的都唱出来了。”

望着他的手，我觉得我好像应该要握上。

“一个人的时候我总听它，因为一个人的时候，我常常会有忍不住想要打电话给那个女孩的冲动，想要说些什么一直就想说、可是不能说的话，可能只是三个字，也可能是三天三夜一直一直说下去，可是不行，真的不行，每当这个时候，我就会放这首歌来听，来提醒，否则真的很难，很难不冲动的打那个号码。”

望着他的手，我想要握上。

“我还记得第一次看到那女孩的时候，她正低头看着她的手，我觉得很好玩，因为我好像看到我自己，我们有相同的习惯，这是第一个我给她的加分；她那时候瘦瘦小小的，对自己很没有自信的样子，看得出来那阵子她很不好过，她的人生好像还在她的理想之外，虽然她很努力的想要好好表现，但她的眼神藏不住心事。”

望着他的手，我握上。

“那时候我很想告诉她：嘿！快乐一点，你有双合适微笑的眼睛，请快乐一点！好吗？你会得到你想要的人生，这只是迟早的事。可是我没有，因为我是总经理，总经理不可以对面试的女生说这种没头没脑莫名其妙与工作无关的话，虽然那个女生的眼神，打动了他心底的某个什么。

“她不太笑，不爱笑，可是她应该笑，她适合笑。我记得那一天，当她第一次的开发季订单成绩出来的那一天，当我看到订单时，很奇怪，我第一个反应不是：啊！这季赔惨了！我要扣她薪水！而是：她还好吗？我担心她，对，我担心她，她太压抑了，那对她不好。那是第一次，我觉得自己好像不是个当总经理的料，可是怎么行呢？这是不行的，我每天每天这么努力工作，这么多年来的每天每天，为的不就是这个？这他妈的总经理三个字！"

握着他的手，我将它移到我的嘴边，微笑以亲吻。

"那天我花了很多力气才终于让她笑，相信我，我都快累死了，可是很值得，当她终于笑了，当她穿上那双玻璃鞋的时候，好美，真的好美，像朵玫瑰，美得带刺；知道为什么玫瑰只能带着刺吗？那不是它的生长方式，那只是因为它其实脆弱。我真的很想要吻她，想得心都痛了，可是不行，我们的关系不行，所以我只能开玩笑，玩笑似的跟她打个赌——"

我打断他，我吻上他，他的唇、他的告解；我知道这样不行，我们的关系不行，我也知道；但我只是在想，或许生日的这天，可以允许例外，可以放下一切，让两颗都痛的心，暂时的勇敢，不是吗？

因为你有你的人生　我有我的旅程

在前方还有等着你的人

你会哭会笑会爱会伤神

你会不会　敲我的门

“这不是开玩笑，也不只是打赌。”

“我知道。”握上我的手，他扣着我的指尖，他抱住我，在我的耳畔，他呢喃：“笑我吧，没关系，但只是一句简简单单的：你有没有男朋友？都教我紧张得快死掉了。”

我微笑，在他的怀里，在哭泣湖畔。

哭泣湖。美得令人想要哭泣的湖泊，没去过的人不会知道。

而原来，令人想要哭泣的，不是这湖，而是爱，太晚太遗憾的爱。

而关于哭泣湖畔的那天，以及之后；至多至多，我只愿意透露到这里，因为回忆太美，美得让人吝啬。

吝

啬

隔天，在小港机场上，我们告别，而双手，是紧扣。

“原来当年的小奇奇，望着这天空时，是这种感觉呀。”

“什么感觉？”

“想象、疑惑，以及无限的未知。”

原来当年的小奇奇，望着这天空时，并不知道很多年很多年以后，她会得到她想要的人生，而且，还和她爱了好久的男人，一同抬头仰望，这当年的天空。

原来她会幸福，就算只是二十四个小时。

“问你一个问题：人在什么情况之下，会想要问对方你爱不爱我？”

“当爱着对方，也想被对方好好爱着的时候。”

几乎是想也没想的，他回答。

“当想要不顾一切去爱的时候，甚至想要舍弃一切和对方逃跑的时候。”我说，“所以，你爱我吗？”

他望着我，他沉默，而握着我的那手，力道紧得让我痛；我以为他会说我爱你，我知道他爱我，就像我爱他那样程度的爱，爱得心都痛了，痛得都想哭了，可是不行了？是吗？今天不是生日了，所以我们不可以勇敢了，是吗？

趁着眼泪滑落之前，我强打起笑容，我说：

“旅途愉快。”

然后松开他的手，我转身离开，我不想他看见我的狼狈。

虽然你对我的认真我也感动万分

你终究不是属于我的人

但记得在你孤单的时候

我会伸出双手　我会是你朋友

到永久

（作词：李偲菘　作曲：李偲菘）

第九章

我们委屈了自己

成全谁的梦想?

——《梦一场》 袁惟仁/词

之一

当工作太无聊的时候,我总会拿出我的随手画册开始画漫画,虽然这么多年的时间过去,但我始终没有忘记最初的梦想。

只是,梦想好像离我越来越远了。

望着那些礼貌的温情的退稿通知,以前的我会搞不懂当个漫画家有这么难吗?然而现在的我则是接受,或许在绝大多数的时候,人生总是没有可能如自己所愿。

就像梦想中的爱情一样,得不到就是得不到。

虽然爱不到,但是仍然爱,默默的爱,深藏不露的爱,用我最自己的方式爱。

每天睡前的最后一件事情,我总是会拿出纸笔然后陪自己直到睡去,不是画漫画,而是写名字,写奇奇的名字,那是我一天之中最幸福的时刻;有时候直写有时候横写,有时候充满希望地写,好像写着写着我的手机就会突然响起奇奇的来电那样的充满希望;有时候则是充满绝望地写,好像写着写着这想爱却爱不到的苦就能随着白纸上写满奇奇的名字而稍微得到安慰。

我知道这样很无聊，我知道我实在不该再思念奇奇了，我知道我知道这些我都知道，可是知道是一回事，而办不办得到，却又是另一回事。

我办不到不思念，无论如何就是办不到。

然而这天，当我照例是在睡前写着奇奇的名字时，诗茵却突然的来了电话打扰我的幸福时光，起初我是有点恼火的，但手机一接起传来的是诗茵混乱的声音时，我倒也只是尽可能的好声好气问道：

“怎么啦？现在很晚了耶，还不睡？”

“可以见一面吗？现在！马上！”

“什么事那么急呀？明天不行吗？我明天一早还要开会耶。”

“就是无论如何都要马上见面的事情啊！”

叹了口气，我答应去见她，现在，马上。

女孩真麻烦。我想起阿台老挂在嘴边的这句话。我发现现在马上的我还蛮同意的。

不知道现在的他们好不好呢？在跨上机车去找诗茵的路上，我在心底这么想着。

应该很好吧？是呀，是的。只要有大佬有阿台有沙大有工作室,他们就会很好。

我希望他们很好,打从心底的希望,在没有我的世界里,他们过得比我还要好。

这就是兄弟嘛。

呵呵。

有气无力的来到诗茵家里找她,结果她所谓的无论如何都要马上见面的事情却只是要我看她的新发型;诗茵的新发型,把长年的厚刘海梳开了。

再怎么无理取闹也该有个限度吧!

我心里是很想要这么吼她的,但是我没有;因为奇奇说得对,扁头的人通常好脾气。

奇奇……

"还不赖嘛,把刘海梳开,这样看起来比较成熟了。"

"就这样?"

"不然咧?"

我真的不知道我是哪里惹她不高兴,而我也懒得去回想,因为此时此刻的诗茵瞪着我,然后拿出了一个新的 LV,挑衅似的说:

"这是我今天去买的。"

原来如此。

“我怎么记得之前你说想要的生日礼物是去垦丁旅行?”

我说,然后在脑海里拼命的想着那三天的旅行中,有没有哪里惹了她不高兴而我却没发现?

想到头都痛了,但我就是想不到。

“你不问我怎么有钱买吗? 这一个包就要花掉你半个月薪水耶。”

“你妈送你的哦?”

“不是,我用援交的钱买来的。”

“别开玩笑了,诗茵,这很难笑。”

“没开玩笑,网络上找到的中年男人,提出很变态的要求,所以钱给得很多。”

“诗茵!”

“把很多奇怪的东西放进我那里,很恶心,可是你知道为什么我可以忍受吗?”

“我不知道你缺钱。”

“我不是缺钱,我是故意的。”冷冷地瞪着我,诗茵一字一字的咬齿说着:“因为起码他跟我做的时候,心里想的人不是奇奇!”

“……”

“我受够了!”

“到底怎么了?”

“你会说梦话你知道吗? 在垦丁的第二天我就想走了,想逃跑了,可是不行,那是我们第一次完整的共度一整天,我心想可能只是我听错吧,可是第二晚还是!还是在梦里喊着奇奇!”

“……”

“你知道我本来有多期待那个旅行吗?”

“……”

转身,我想走,我想,该是离开的时候了,只是诗茵喊住我,很显然的,她觉得还没说够。

“也对,奇奇不会告诉你,因为你没睡过她。”

“不要把奇奇扯进来,这不关她的事。”

“就这么珍贵?珍贵到别人连说都不能说?”

“你到底想怎样!”

每个人都有自己的死穴。不知道为什么,当下我突然想起沙大曾经说的这句话。

“每次每次,我假装不在乎你老是问我奇奇的消息,我以为我受得了,可是原来我受不了!我再也不要忍受了!我爱你陈浩,从高中就一直爱着你,可是我再也受不了了!”

“你想太多了。”

我说,可是语气微弱的连我自己都不相信。

“太过分了……”

诗茵歇斯底里地哭了起来,我知道我是该抱住她的,可是我没有力气了，没有力气了；这么多年来，这是第一次，我们把话说开来。

“可是诗茵呀，你早就该猜到的，不是吗？”

我问，而话里有苦。

“只要你没亲口说，那就不算，不是吗？”

我们委屈了自己，成全谁的梦想？

“我以为时间久了你就会忘了，可是……都这么久了，陈浩，都这么久了！”

“诗茵哪——”

打断了我，诗茵说了一句我早就想听到的话了，诗茵说：

“奇奇回来了。”

我倏地望着诗茵，我知道这反应不对，太明显了，可是没办法，等了这么久为的就是听到这句话，我……没有办法再假装了。

“奇奇早就回来了，每次你假装顺口问起时，我都想要告诉你，可是我偏不要，你知道为什么吗？”

我想我知道。

“就算你没有我爱你一半的爱我，但起码，我要你和我一样的毫无希望！”

我觉得好累。

“我就问你一个问题。”

爱情不应该这么累。

“你从头到尾只是在利用我对你的喜欢吗?”

“对不起。”

爱情,也不应该有这么多的对不起。

对不起,我说,然后仿佛全身力气都用尽的那般,我瘫软在地上,难过得哭了起来。

我们到底怎么了?只是想要好好的爱一个人,甚至并不奢望对方会回报,可是……为什么这么难?为什么我们会变成这个样子?自我厌恶、伤害对方、也伤害自己。

我们怎么了?

“明天晚上十点,在那家夜店,穿上我们的制服,奇奇也会去。”

“诗茵——”

“就当作是我送给你的分手礼物,我们假装这一切都没有发生,假装我们都好、我们很好,假装我们就是我们想要的样子,我们三个人!”深呼吸,把哽咽吞进肚子里,诗茵才又说:“我恨你,可是我不怪奇奇,不爱就是不爱,这点你该学她。”

“对不起……”

转过头,诗茵最后说:

“明天十点,最后的假装。”

明天十点,最后的假装,穿上尘封已久的红外套制服,在第一次相遇的夜店里,三个人,重聚。

这是我第一次看见奇奇穿制服的样子,也是第一次,我看见的奇奇,是打从心底的快乐;好久不见的奇奇,虽然还是瘦,但整个人看起来精神许多,不再是以前那个明显不快乐的奇奇,不再是以前那个希望自己看起来快乐的奇奇,不再是……

“嘿,好久不见。”

看着我,奇奇说,好久不见的奇奇用一种好像我们没那么不见的口吻说:嘿,好久不见。

“你没怎么变嘛。”

奇奇接着又说,而我,不知道该难过还是该高兴,因为其实我变了很多,我努力让自己变了好多,努力着变成奇奇可能会喜欢的样子,可是奇奇却说——

“哪有呀,陈浩变了很多耶。”

大概是看出我眼底的失落,诗茵替我说了这么一句话;假装没事的诗茵,假装我们就是我们想要的样子的诗茵,我发现我其实比较喜欢这样的诗茵。

“我知道他外表变了很多,”笑了笑,奇奇转头对我说:“你是本质上永远不会变的人,现在是这样,十年后也还会是这样。”

“哪可能呀,你当我是不老魔人哦?”

“真的哟,可能十几二十年后你换了几份工作,结束几段感情,头发逐渐变薄,腰围逐渐变大,在夜店从啤酒喝成威士忌,交通工具从 YAMAHA 变成 TOYOTA……但本质上是永远不会变的那种人。”

本质上永远不会变的那种人?

这句话什么意思,我不太清楚,于是我放弃,我问:

“那你呢?”

“我是属于新陈代谢的那一种。”

“啥?”

“新陈代谢。”

“新陈代谢?”

“嗯,新陈代谢。把旧的过去丢掉,然后用新的自己好好的重新开始。新陈代谢。”

“为什么要把过去丢掉?”

“因为过去了就是过去啦。”

奇奇说,然后抽起她细细手指间的细细薄荷凉烟,还喷了我满脸的烟,让烟雾恰到好处的模糊了当下的她的表情。

属于过去的表情。

已经过去了的奇奇。

奇奇并没有好奇我和诗茵的交往，从她的语气里我能感觉到她已经知道我们在交往的事，可是她没问，没问我们是从什么时候开始的？怎么终于开始的？她只是理所当然似的接受这个状态，她自然的好像认为这是早就存在的状态，这个她或许早就想要的状态。

好友的男友，而不是一个喜欢她、但她却从来没有喜欢过的人。

而我只是在想：你真的从来都不知道我这么这么这么这么的爱你吗？这么多年来？

离开的时候诗茵没忘记提醒我们拍张合照，接着在最后，诗茵把她的分手礼物送给我，她说：

“唉，你新的门号要不要给陈浩呀？他现在的公司离你公司很近耶。”

“哦。”

奇奇没意见，倾身把她新的门号写在杯垫上，边写她边说：

“我知道呀，因为我在公司附近看过你。”

“咦？”

“嗯，我当时心想应该是你吧，没想到原来真的是你，我以为你还在以前那个公司。”

“为什么……没叫住我?”

“因为你看起来好像在找人的样子,所以我心想应该不方便就没叫住你了。”

我就是在找你呀,奇奇……

就是在找你呀……

我没想到那是我最后一次见到奇奇,以及诗茵。

在留下了我们三个人唯一的合照之后。

几天之后,我接到奇奇的电话,时间是夜里,劈头奇奇就说:

“我知道我明天醒来就可以好过一点,可是现在,现在真的不行,只要让我把这些话说出来,只要说出来就可以好过一点了。”

奇奇说了很多乱糟糟的话,关于她和他,奇奇说了很多,可是我怎么也听不明白,听不明白她和他究竟是发生了什么事,因为奇奇的话语太跳跃,而心情太混乱,我只隐约听出来那个他、似乎就是多年前经常挂在奇奇嘴边的他。

那个每当奇奇提起时,表情总是微笑的他。

那个能让奇奇微笑的他。

“上次没有好好说再见,我很抱歉,所以这次我想,再怎么样也得打个电话给你,说再见。”

当心情比较平复之后，奇奇说。

“没关系啦，我——”

“我要走了，这几天就要离开了。”

“为什么？”

奇奇没有回答我为什么，奇奇只又说了一次：

“因为必须要离开。”

“台北吗？”

“台湾。”

奇奇……我好不容易找到你了，为什么你却又要走了？

“如果你要记住我的话，请答应我一件事，记住我好的样子，而混乱的我，请忘掉，好吗？”

“因为新陈代谢吗？”

“因为新陈代谢。”

“我可以问你一个，好久好久以来就想要问你的问题吗？在这最后？”

“嗯？”

“你知道我爱你吗？”

“谢谢你，这些年，谢谢你。”

奇奇没有回答我，奇奇只是谢谢我，我想我明白她的意思。

而，这是奇奇最后对我说的话。

之二

当我销假回公司的一早，协理拿了一张离职单来到我的办公室找我，而离职单上，写的是我的名字。

“也该适可而止了。”

这是她开口的第一句话，而表情，是疲惫；打从我认识她以来，她一向看起来很疲惫，但我从来没有看过她这么累的样子。

此时此刻，我眼前的她，前所未有的累。

“这张名片给你，我向负责人打过招呼了，他们公司对你很有兴趣，他们能给的比我们更多。”

望着名片上了不起的财团名字，我问她：

“你这样难道不会替自己感到悲哀吗？”

“十年，我们已十年了，小女孩。”笔直的凝望进我的眼底，她疲惫地说：“我们约定好明年就要结婚了，我反而要问你，你难道都没有一点的罪恶感吗？”

我有，当然有，但不是现在。

“你是爱他还是不甘愿自己的十年？”

“我是爱他所以不甘愿我们的十年！”

把离职单扔到垃圾桶里，我选择强硬的姿态：

“三个人的事不该由你一个人决定。”

“奇奇……”

她喊出我的名字，这是进公司这么多年以来，第一次，她喊我的名字。

她喊我的名字，然后在我面前跪下，透过玻璃大门，连同我在内的所有人都惊讶的望向她，以及我。

我们。

“我从来没有这么卑微过……算我求你好不好？你还年轻，还有无限的可能，以后还会出现很多很多爱你的男人，真正该属于你的男人，但我呢？我不年轻了，奇奇，我们十年了，这个地方从无到有，我们一起努力一起辛苦，一个女人把最精华的十年给她的男人，得到的不应该是这样！你不可以这样！不可以都拿走！”

“……”

“你换个立场想，换作你是我，你愿意吗？你有可能为了守护你的爱情而下跪吗？”

我不知道，我只知道望着她时，我看见女人的无助。

我犹豫，我动摇；我想见他，想见他。

“你起码……让我跟他谈一谈，让我再见他一面，他现在人在日本，等他回来再说，好吗？”

“他做不了决定的，奇奇，因为我了解他，从他还只是个高中生、从他还不是总经理时我就认识他了！相信我，要是他能决定的了，你怎么会自己独自回来？”

她反问我，而我的感觉是受伤。

我想起他当时的沉默，当我问他爱我吗的那个当下，当我表示想要放掉一切跟他走时，他的反应，是沉默。

十年。

——我连过年都在工作，大家阖家团聚吃年菜发红包打牌狂欢到通宵，而我还在东奔西走，这是我的选择，我很甘愿，我是个工作狂，我喜欢这样的自己，但生日例外，我会放自己一个星期假，只和我自己，一年三百六十五天，我只做七天的自己

——可能只是三个字，也可能是三天三夜一直一直说下去，可是不行，真的不行，我们的关系不行，每当这个时候，我就会放这首歌来听，来提醒。

——那是第一次，我觉得自己好像不是个当总经理的料，可是怎么行呢？这是不行的，我每天每天这么努力工作，这么多年来的每天每天，为的不就是这个？这他妈的总经理三个字！

十年。

他们有十年,而我们呢?

当他在海洋的另外一端,做一年三百六十五天里面七天的自己时,而我们,在拉扯,为他。

"他做不了决定的,奇奇,所以帮他个忙,我们替他做决定。"

"我不知道。"

"他的王国他的一切他的十年他的努力都在这里了,就这个地方,你可以把你带来的拿走,可是本来就不是你的,你不行!"

"我不知道。"

"爱一个人不是这样子的,奇奇,不是害他一无所有。"

"我不知道。"

"为他好,你离开,如果你是真爱他的话,你不应该害了他。"

"我不知道。"

我不知道。我说,泣不成声地,说。

我不知道……

起身,她走向我,握着我的手,她说:

"在他回来之前离开,不只是离开这里,而是离开台湾。"

"可是我真的很爱他……"

“只有爱是不够的,尤其是男人,尤其是他。”

“我不要!”

“已经没有办法回头了,只能够这样了! 奇奇,当你们一起请假时,当你们留下我一个人面对这难堪时,你们就应该领悟了。”

“我不要。”

“我就问这最后一遍:你真以为他会愿意为了你放掉他的王国他的一切他的十年他的努力吗?”

我不要。

可是我有什么资格要?

她赢了,我输了,她了解他,她拥有他的十年,而我明白他当时的沉默。

把眼泪擦掉,把名片递还给她,深呼吸,我说了句借过,然后离开。

而她的声音,在我身后响起:

“把手机号码换掉,如果他知道你住哪里,就搬走,离开这里,离开台湾,我会把足够的钱转到你的户头,你不会有这方面的问题,相信我。”

“为什么?”

“因为他会找你,我知道他会找你,可是他不会永远找你,他不会把这一辈子都用来找你，因为他的十年在这里，他的未来在这里，不是你，不是永远找你。”

“为什么你值得我这么做？”

“如果你还记得的话，当年是我看过你的履历让他面试你，当他决定要录取的人是你时，我可以反对而他会尊重，可是我没有，我只是打了电话给你，通知你，恭喜你，你记得吗？”

我记得。

“所以你不可以这么忘恩负义，是我给了你这些，我没有办法要回来，更没有可能把时间倒回到那年的那天阻止我自己拨下你的电话！所以我只能请求你别让我后悔，后悔那年的那天打了那通电话，后悔那年的那天，当我可以反对时，我选择了相信。”

深呼吸，我深呼吸：

“我明白了。”

“那、我可以相信你吗？”

“就像当年你相信了自己那样。”我说，“等他做完自己回来的时候，请帮我转告他这句话：谢谢他这几年来的照顾，没有他就没有今天的我，他会明白我说的是什么。”

“别怨我，换作是你的话，你也会选择捍卫自己的爱情。”

我不怨她，我怨有缘无分，我恨太晚，相见恨晚，我恨我们在该勇敢的时候不够勇敢。

不应该回来的，应该逃跑的……

“我的东西都不要了，请帮我处理掉，再见。”

“奇奇！”

她喊住我，我停下脚步，我听见她犹豫；在犹豫之后，她还是选择说出：

“别离开这一行，我知道这么说对我对公司都没有好处，而且还会是威胁，但别离开这一行，因为你合适，而你也不会只有这样；这就是当年我之所以打电话的原因，也是我唯一能为你做的不自私。”

“谢谢你。”

我说，然后离开。

我遵守和她的约定，因为她说得没错，我是该感谢她当年的信任，而不是辜负，也于是这是我所能为她做的唯一了；我已经伤害了她，千真万确的伤害了他们十年的感情，而她说得对，是该适可而止了。

为她，也为他。

他们，不是我们。

在他做完自己回来之前，我换了号码也退了房子，在最快的时间内找到了同样的工作，而地点，在上海，规模更大格局更大资源更大的公司。

你不会是只有这样的。

她说。

而他也说过。

可是他们都不明白,在内心深处的某个我,想要的其实并不多,不想多,只想爱,想单纯地爱着一个人,想放掉一切跟在他的身后走,可是他们都说——

你不会是只有这样的。

在离开台湾的最后一晚,我拨了电话给陈浩,说再见,因为我没忘记,当年,还欠他一声再见。

我明白那些年他看我的眼神,以朋友姿态的陪伴,我感谢他那些年没说破那些几乎就要说破的感情,我感谢他没让我为难,我感谢他是我好友的男友。

离开。

新的公司对我兴致勃勃,这点我并不意外,比较意外的是他们,他们意外原来的公司怎么肯答应让我离开,我微笑着没说什么,不是因为那不关任何人的事,而是因为回忆太美,美得令人吝啬。

新的公司是由媒体起家,新的公司财力雄厚,新的公司要我接受一些采访,塑造某些大家会羡慕的形象,新的公司说:

“当女人买一双鞋子的时候,她们想要的不只是一双鞋子。”

并且：

“如果这双鞋子的设计师能让她们对自己脚上的鞋子增加某些认同以及感情还有崇拜，让她们觉得穿上她的鞋子就能让自己变得跟她一样棒，那么，我们为何不就这么成全她们呢？”

我迟疑。

于是他们继续：

“同样的材质同样的款式，为什么 COCO CHANEL 的鞋子可以站上国际舞台、可以迷死全世界整世纪的女人？就因为她是 COCO CHANEL！而现在，我们要个自己的 COCO CHANEL，你觉得呢？”

我觉得好累，我没有力气反对，于是我随他们去，我的人生交给他们重新塑造，随便！

我那阵子常常觉得累，本来我以为是适应新生活新城市的关系，然而，后来我才知道原来并不只是这样。

原来并不只是这样。

当我的照片我的形象我的鞋子我的品牌登上国际杂志的时候，第一个打电话给我的人是他，他打到我的公司找我，他开头就问我：

“是不是因为我给不了你了，所以你离开？”

他话里有受伤，赤裸裸的受伤，我不知道是因为我的成就，还是我的不告而别，我不想知道；因为那首歌没错，他有他的人生，而我有我的旅程，在前方还有等着他的人，而他，终究不是属于我的人。

尽管我们相爱，千真万确的那种。

我们或许可以努力可以争取可以勇敢可以不顾一切可以创造另一个十年、我们的十年，可是同时我们却不能否认：没有谁该要成全谁，没有谁有资格辜负任何人的信任，尤其，当她在你最需要机会时，打了那个最关键的电话。

当我在人生的谷底时，伸出手拉住我的人，是他们。

她。

眼前浮现出她当时的无助、她伸出的手，我冷住口气问他：

“你爱我吗？”

“我他妈的当然爱你！千真万确的爱你！我该死的还爱你！可是你不告而别！你还——”

“那么那天你就该说的。”

透过电话，我仿佛听见他眼泪滴落的声音；闭上眼睛，我狠下心，我继续：

“我们已经相遇得太晚了，连我爱你这三个字，都说得晚了。”

“奇奇……”

“那天，在小港的天空下，我真的很想跟你走，只想跟你走，可是你把手放开了，不是吗？放开手的人是你，不是吗？”

心都已经痛坏了，可是嘴巴却还在逞强：

“回不去了，很多东西，错过了，就是错过了。”

我说，然后挂了电话，这是我对他最后的残忍，以及宽容。

接着第二个找上我的人，是母亲，原来她在北京。

低头我望着已经隆起的肚子，我心想这是不是所谓的母女连心？

“你得承认你需要别人，就算只是偶尔。”

我想起陈富曾经对我说过的这句话，我想，他说得对。

带着八个月的身孕，我办理产假搬去和母亲同住，分别了十几年的母女，终于，再重逢。

望着我的肚子，母亲没问，母亲只说：终于，我们又可以是三个人了。

我给了母亲一个拥抱，没有怨也没有恨，因为我学会了宽容。

他教会我宽容，他给了我人生，而我唯一想要的，他给不起。

有的时候，绝大多数的时候，人生真的不是我们处理得来，就算已经是大人了也一样，就算已经是母亲了也一样。

他曾经这么说过。

完整的休息一年之后，我没有销假回去上班，我离职，带着我的照片我的形象我的鞋子我的品牌以及找上我的投资者，从今而后，我决定我的人生自己掌握。

在递上离职单时，新的公司怨我忘恩负义辜负他们的栽培他们的信任，不知道为什么，我觉得这些话语好熟悉，而这次，我没有内疚没有罪恶感也没有抱歉，仅是弯腰鞠躬谢谢他们的栽培他们的信任。

这些话语再也动摇不了我，因为，没有他了。

给不了就转身，得不到就放手。

留下这句话，我一点心虚也没有的离开，走向我人生的新高峰。

因为新陈代谢，我想。

第十章

曾经深爱过的恋人

如今什么模样?

之一

大佬打电话给我,在决裂了三年不见之后,带着沙大的死讯,大佬打电话给我;我其实想象过千百种我们重归旧好的原因,可是我怎么也没想过要把死亡列入其中。

“沙大死了。”

这是大佬开头的第一句话,这是我第一次听见大佬哭。

在大佬的哭泣里,我慢慢拼凑出事发当时的原貌。

那天夜里,他们不知道发什么神经,突然激烈的怀念从前,于是一如往常他们带了一箱的酒,然后开车上三峡大佬的别墅饮酒狂欢,那天的夜景很美,星星很亮,而他们喝得过头,又吐又笑的,感觉真爽;在天亮的时候醉透了的他们决定飙车下山吃永和豆浆醒酒。

于是他们就飙车下山了。

两台车,八个人,飙下山,然后……然后一个刹车不及,沙大开的车出了事故,一死二伤。

“应该让他的……浩呆,我应该让他的!”

在电话的末了,大佬重复着这句话:应该让他的。

而我只想告诉大佬:我应该在的!

应该在的。

以前他们也老是爱飙车,山路越弯越爱飙,血气方刚,年少无知，每当那个时候，我总会闷闷的反对，而他们会大肆的嘲笑——浩呆是弟弟，弟弟怕快车，爱快罗密欧，哈哈哈——在大肆的嘲笑之后，最后的结果总是他们让我，因为浩呆是弟弟嘛！

应该在的。

我们共同出席了沙大的告别式，工作室的所有人都出席了。

在沙大的告别式上，完全看不出来大佬前一晚电话里的悲伤自责，他反而像是沙大家里的长子那般，全场忙碌奔走，招呼这安排那的，忙得不得了。

——可是大佬可是工作室，只有在那里的时候，我才真正觉得我有哥哥也有弟弟，还有个我属于的家，而那个家有我也有你！

——不过只要是约定的话，他就一定会遵守，这就是大佬。

望着那样忙碌的大佬，我突然替他觉得心疼，长久以来习惯了被我们需要的大佬，总是站在人群中心领导着我们的大佬，真正的感受、内心深处的寂寞，我们有没有问过？

有没有问过，其实他也会脆弱也会寂寞？

在告别式结束之后，工作室的我们转移阵地重回当年的“我和我追逐的梦”，带着沙大的照片，放在桌子上，假装他人就在这里，这是阿台的想法，当他这么提议时，我们大家都笑了，笑得眼泪都掉了。

这就是阿台式的幽默，总是这么不合时宜，不合时宜的，令人既悲伤又快乐。

在笑里，大佬突然丢出这句话：

“回来吧，浩呆。”

“……”

“都三年了，也该够了。”

三年了……

这三年来我过得浑浑噩噩，醒来上班，下班回家，日复一日，年复一年；漫画家的梦想早就已经放弃，曾经爱过我的诗茵也早已经走出我的世界，继续她的人生，就唯独奇奇，我还想念。

三年了，都三年了。

“都三年了，也该够了。”

我重复大佬的这句话，然后身体像是突然的被拔掉插头那样，没头没脑的，我说：

“其实我很讨厌沙大。”

我不知道我为什么突然说出这么突兀的话，我只知道这么多年来那些模模糊糊的、弄也弄不懂的、一直就想讲的、却怎么也不会讲的感觉,在此时的此刻,突然清晰了起来。

其实我很讨厌沙大。

而这是这么多年来,我想讲的第一句话。

那时候我说想要考复兴美工家里的人全都反对,因为听说复兴美工是个流氓学校,他们怕我去了会被欺负;他们知道我喜欢画漫画,可是他们不知道我喜欢到想要当个漫画家,我知道我不是很聪明,不会读书,体育也不够好,家里人只希望我随便考个什么工科念念,然后毕业当兵回家继承美术社,可是我喜欢画漫画,我想当漫画家,所以我偷偷跑去考,然后考上了,那是我第一次替自己感到骄傲。

开学的第一天我就遇到你们,你们两个,在漫画店前面,我以为你们想欺负我,那时候我很笨,我知道我一直就很笨,当我知道你们是学校里的风云人物时,我觉得受宠若惊,我怎么可能和风云人物当好朋友?可是就是这么一回事,你们挑上了我,罩我,让我在复兴的三年很吃得开,很快乐,谢谢你们,我一直没有当面道谢,因为我觉得我们都这么熟了还道什么谢,那很别扭,可是我后来才知道原来很多话很多事在该说的时候要说,在该做的时候要做,因为人生是会来不及的,就像沙大,其实我一直就很想跟他说:我讨厌你。可是来不及了,原来人是会死掉的。

其实我很讨厌沙大。

一开始你们邀请我到工作室时，我很喜欢那里，可是我很讨厌那里有沙大，他看起来就像是爱欺负学弟的那种坏学长，可是沙大没有欺负我，我本来以为那是因为你们罩我，可是后来我才知道不是，是因为他喜欢我，如果我有个弟弟，我希望他就是你这呆样，沙大也这样告诉过我。

可是我很讨厌沙大，他一直活在大佬的阴影底下，这就是我最讨厌他的地方，看着这样的沙大，我就会想到我自己，我也一直活在大佬的阴影底下。

其实我很讨厌沙大。

连最后一次见面的时候我都还是讨厌他，他找我去买女人，但结果自己却只是站在外面抽烟，我不知道他这是什么意思，他根本就没进去！他骗我！他以为我不知道，可是这些年来我其实都知道；我知道他其实明白我早就不想要做浩呆了，他想要帮我改变，用他的方式，他越是这么做，我就越是讨厌他，我讨厌到不想跟他说，其实应该生下来的，当年大嫂大了肚子时，应该生下来的，而他不应该就这样走掉的，我都还没弄清楚怎么一回事，他就这样子死掉了！飙什么蠢车呢？赢了又怎样呢？还不是都会死？人是会死掉的，人是会死掉的，会死掉的……

我哽咽，说到了后来我已经不知道自己在说什么了，我只知道我一直重复着这句话，重复到大佬捏着我的脖子，然后我哭，放声大哭，把这三年来的不如意，不开心，压抑、麻痹，全哭进眼泪里。

哭。

在眼泪里，我们的友情，从头来过。

我辞了工作回到工作室接手沙大负责的业务，而阿台带领设计团队，而大佬则依旧是工作室的老大，逢年过节时，工作室的我们会带着礼盒去沙大家拜访他的父母，代替沙大尽一天的儿子义务。

少了一个儿子，却多了三个儿子。

沙大的爸妈总是会这么说，尽可能微笑着说，其实我们都知道，再多的儿子，都抵不过他们一个沙大。

而不同的是，现在的阿台多了个台嫂，没想到当年没事就嚷嚷着女人真麻烦的阿台居然是我们兄弟里第一个结婚的，真无耻。

而至于大佬则不再见他带女孩子回来了。

“早就过了那个年纪了。”

大佬说，顺便连酒也不喝了，而原因，其实我们都心知肚明。

早就过了那个年纪了。

“大佬呀,你现在还想奇奇吗?”

在已经被改装成休息室的日式卧房里,我问他。

“偶尔。”

“嗯。”

“你呢?”

“或许。”

“呵呵。”

大佬笑,然后点起了一根烟。

在飘起的烟雾里,我想起三年前奇奇曾经告诉过我的这句话:你本质上是永远不会变的人。

“其实我后来找过奇奇。”

捻熄了烟,大佬说。

“什么时候?”

“三年前的样子,我在杂志上看到她的访问,我找出她当时公司的电话,在上海,很大的公司。”

“然后呢?”

“然后我没打电话。”

“为什么?”

“可能是害怕吧。”

“原来大佬也会有害怕的时候哦?”

大佬苦笑着说：

“嗯，很害怕，看着杂志上的奇奇，我突然觉得很陌生，我心想：这么成功的女人，真是当年那个和我待在这个工作室的奇奇吗？”

“嗯。”

“然后我觉得很庆幸。”

“嗯？”

“还好当年我们倔强了。”

“怎么说？”

“如果不是倔强了，奇奇又怎么可能知道原来她可以站上更高的地方呢？”

“也对。”

也对。

“但其实我说谎。”

“咦？”

燃起一根烟，大佬笑说：

“其实我一直在说谎，只是你们不知道而已，我不知道是我太会说谎了，还是其实你们就是喜欢我那个样子。”

“……”

“我没那么潇洒，晚上有时候我会咬着棉被偷哭，我怕黑怕冷怕丢脸，我其实也会有害怕的时候，只是我没有表现出来而已。”

“呵呵。”

其实大佬说谎。

三年前大佬在杂志上看到奇奇的专访，看到奇奇站上世界的舞台，看到奇奇得到她想要的人生；大佬把那公司记了下来，运用一点人脉要到了奇奇办公室的电话，而其实他打了那电话，只是在等待电话接通时，大佬左思右想就是不知道该说什么好，而当他终于想到该说什么时，他挂了电话，然后抽了根烟，对着沉默的电话，说了声：因为你是奇奇呀。

“嘿！来打个赌如何？”

“赌什么？”

“赌谁先找到奇奇呀。”

“你白痴哦。”

“真的啦，好久没赌了。”

“你白痴。”

“如果真再见到奇奇的话，你会想跟她说什么？”

“谢谢你，当年说了再见。”

“什么意思？”

大佬不会懂的意思。

“去——”

真的，谢谢你，当年，说了再见，让我得以明白，我不只是在你的对面。

之二

仿佛是静止了似的，那天。

当时我成立了自己的设计公司，手里握有欧美市场一半以上的女鞋订单，平均七个纽约女子就有一个脚上踩着我设计的鞋子，每个月固定会推掉几个时尚杂志的采访；再也不是当年那个领着寒酸薪水、每天还得工作十四个小时，为了买LV包包，还得饿上三个月肚子的小设计助理了。

赢了，却不再快乐了。

我的人生一步一步的往我想要的方向走去，直到高峰，我的物质生活一点一滴的达到饱和，甚至奢华，但内心，却空了。

因为心被关起来太久了。

只有每个月的那七天例外。

每个月里有七天的时间，母亲会带着我们的儿子飞到香港来看我，我没给我们的儿子取名字，因为我沿用了他父亲的名字，我发现和他在一起的那几年间，我从来没有叫过他的名字；母亲不太理解为什么我不回台湾，而我也没有告诉她原因，因为那是我们的约定，除了我和她之外，我并不奢望任何人理解。

每天我醒在饭店的VIP套房里,大大的床上自从住进之后就一直只有我自己的体温,鼻腔里嗅着纯白色床单过度清洁的气味时,总是会打从心底对自己感到陌生,这个进出有司机接送,生活仰赖饭店管理,工作需要三个助理,被员工敬畏、被客户需要、被商家尊宠、却不被自己真心喜欢的、自己。

每每看着身边这些几乎日夜相处的工作伙伴们,我总怀疑我们是否真的认识?

她们深知我的生活作息我的工作流程我的客户名单我喝咖啡一定要先热杯子甚至是我的起床气,她们知道每天下午三点整我会抽离工作独自到公司楼下的星巴克里度过三十分钟的自己的时间,谁也不准打扰、什么事也不思考,就是安静地喝杯黑咖啡,并且专心凝望着我的双手,在心底默默问自己:这个人真的是我吗?这一切都是为了什么?

我的这个人,她们真的认识吗?我真的快乐吗?

仿佛是静止了似的,那天。

那天,跟了我最久的助理破天荒的打了手机给我,在我正点好咖啡准备享受我每天三十分钟DND时间的时候。

赶在我发火之前,她快快说道:

"因为有个台湾的朋友,她坚持立刻要见到你。"

然后助理说了她的名字,在三秒钟的沉默之后,我要助理请她到这星巴克见我。

星巴克——

“别把你的助理 fire 掉，是我坚持要见你的。”

这是她开口的第一句话。

而其实一时间我是认不太出她的，因为她的穿着打扮不再是我记忆中的波西米亚风，却是一身的黑，而最令我认不出她的原因是，我没看见她眼角的疲惫，因为她戴了个大墨镜。

“好久不见。”

不太习惯的，我向她打招呼。

“我可以坐下吗？”

“请坐。”

“以前的公司楼下转角也有家星巴克。”

我知道，这正是我选择这办公室的原因。

“是刚好来香港？”

“不，是特地来找你。”把一只纯白色信封递过给我，她说：“我知道你很忙，所以我不会打扰你太久的。”

我当时并不明白发生了什么事情。

他走了。

就是这个月发生的事，肝癌，发生得很快，快到她没有足够的时间犹豫该不该找我去见他最后一面。

“我很抱歉，我不知道你会不会想要见他。”

她是该抱歉，因为我他妈的当然会想要见他！

他妈的怎么可能不想见他？我每天每天都想见他！每天每天，都想！

他妈的！

“不过他不想要你看到他最后的样子，他很瘦，脸色很差，他只写了这封信要我转交给你。”

咬着下唇，我沉默，愤怒的沉默。

“我们没结婚，如果你想问的话。”

她说，于是我把视线从她空白的无名指收回。

举杯，我喝了口咖啡，咖啡已经冷掉，而她还继续说着：

“因为他太忙了，忙着工作，他只工作，他想要赢过你，他——”

她哽咽。

望着她搁在桌上的手，我不知道该不该握上。

“我是不是做错了？该退出的人是不是我？如果当初留下来的人是你，会不会他就不——”

望着她搁在桌上的手，我握上，就像当年他握住我那样。

握上。

“对不起。”在心底默念着宽容，他教给我的宽容，我说：“那些年，对不起。”

“不应该是这样子的，不应该……”

“我不知道如果当初留下来的人是我，会不会结果就不一样了？不知道，永远不知道了，可是如果当初我是你，我会和你做同样的决定，如果我是你我也不会退出，可是我退出，因为我不是你。”

她哭泣，泣不成声。

“我勇敢过了，所以我不后悔，所以请你，别自责了，好吗？”

“谢谢你……谢谢。”重新调整好呼吸，指着信封，她说：“照片，拍得很好，看得出来他打心底快乐。”

然后起身，她离开。

她的背影在我视线的比例尺里缩小，缩小，缩小……

而终究，我还是没有告诉她关于我们有个小孩的事，我不知道为什么，我想这是我唯一的自私，不论是对她，或者是他。

深呼吸，我打开这只纯白色信封，我先看见掉落的照片，那是他二十八岁生日那天，我们在哭泣湖的合照，那天他说好要洗出来给我的照片，可是照片晚了三年才交到我的手上，因为，我走太快了。

我走太快了。

此时二十八岁的我望着照片上二十八岁的他，我试着想要对他说些什么，可是他静止了。我不知道该对他说些什么，因为思念太多了，多得不知该从何说起。

打开对折的纯白色信纸,他的亲笔字迹一下子跃入我的眼底:

曾经,我有个遗憾

在该说我爱你的那个当下

我选择了沉默

而今,就算我有再多的成就,拥有再大的世界

都没有办法让我买回那个错过的当下

我不后悔,我只遗憾

虽然,你在谁身边,都是我心底的缺

在心底我默念,我试着想象他写下这些字时的心情、表情,是不是和我一样?被眼泪模糊的看不见?

其实你错了。

其实这才是我方才握着她手时,想要告诉她的话。

他不是想要赢我,他只是想要麻痹,他不想要再多的成就、再大的世界,他只想要回到过去,回到那个错过的当下,你错了你错了你错了你是最爱他的人,可是你错得最深……

不应该随便替别人决定的,不应该……

你错了。

深呼吸,我深呼吸,把信纸对折,连同照片放入纯白色信

封里,望一眼手腕上的表,三十分钟的DND时间正好结束。

起身,我准备回到现实的自己时,脚步却被店里播放的歌声拉扯住,蔡依林当时的新歌《酸甜》笔直穿透我的耳膜,接着在一首歌的触动里,我突然感觉到这个我的身体里有个什么瓦解了、崩坏了。

多年来的麻木、逃避、假装……当我望着眼前这张白色信纸时,全都瓦解了、崩坏了。

那一天　扣着指尖　不问什么　我就相信　我们会永远
那一年　没有宣言　但抱着你　我曾拥抱全世界

哭过了笑过了的瞬间　爱只是暂借来的时间
坚持过谅解过却瓦解　混合着心酸　点点
还有　阳光的温暖　爱一个人的酸甜……

（作词:李焯雄　作曲:薛忠铭）

在一首歌的停滞里,我跟自己承认:是的,我怀念过去。

我于是做了个疯狂的决定:放空。

或者应该说是:永久的离开。

离开现在,找回过去;尽管,早就回不去了。

我最想要的过去,回不去,已死去。

把工作交代妥当，我只身回到台湾，为的是，送他最后一程。

——在飞机上是最接近天堂的地方。

——为什么？

——因为它最高呀，因为最高所以最接近天堂，搞不好望向窗外你就能看见你的爸爸哦。

——你相信有天堂？

——没道理不相信呀，要不人死后往哪去？

——那天堂是什么样子？他们在那里都过着怎么样的生活？

——这个嘛……或者以后我上天堂了再告诉你？

望着飞机上的玻璃窗，我问他：

“嘿！天堂好吗？”

他没有回答我。

“不是说好要告诉我的吗？天堂是什么样子？”

他死了。

永恒的沉默，这死亡。

下飞机，我重新踏在离天堂最远的地球表面，抬头，我仰望小港机场的天空。

——原来当年的小奇奇，望着这天空时，是这种感觉呀。

我想起当年我们一同站在这片天空底下时，他曾经说过这句话。

“原来当年的小奇奇，望着这片天空时，是这种感觉呀。”

我在心底默念，我发现思念就要溃堤。

而如今的奇奇没有任何的感觉，只除了，无尽的思念。

距离丧礼还有一点时间，我想了想，最后还是决定拨了电话。

通往过去的号码。

“你在哪里？”

而这是他开口的第一句话。

“没想到你还留着这号码呀？”

“因为我一直在等你呀，奇奇。”叹了口气，他苦笑：“我等这通电话等好久了，甚至不用沉默，我就可以知道是你了！这是我唯一比你厉害的地方。”

“陈富……”

“就是陈富两个字，奇奇，你知道我等你喊我名字等了多久吗？”他苦笑：“你迟到了奇奇，我们不是约好三年后见吗？你迟到了。”

“这些年发生了很多事哪。”

“我一直在找你,这些年我还是一直在找你,常常手机都拿到手边了,但号码就是拨不出去,因为我不知道你后来用什么号码,你好难找呀,奇奇,好难找。最后就只好这么对着手机上的你说话,可能就是寂寞吧。”

“陈富——”

“我可不可以不要再寂寞了?”

“我怕你变了。”

我试着想让声音听起来好一点、坚强一点、快乐一点,可是不知怎么的,好像很难办到。

“我没变喏,只是比较懂得怎么保留自己而已,只是比较知道什么时候该收、什么时候该放,这样而已,所以呢?你在哪里?”

“我走太快了。”

没头没脑的,我说,然后眼睛,开始变湿,千言万语,只剩一句——

我走太快了。

走太快了。

太快了。

太快。

太……

“奇奇?”

"我走太快了。"

"你在哪里?"

"我走太快了。"

"奇奇?"

"我走太快了!"

在熙来攘往的机场里,抱着手机,我哭泣。